# 新釈　走れメロス

他四篇



森見登美彦

角川文庫
19317

目次

# 山月記

山月記
【さんげつき】
発表：一九四二年「文學界」
著者：中島敦（一九〇九―四二）
強すぎる矜持から、俗世を捨てて「詩」の世界に耽溺した李徴の末路を描く。唐代の伝奇小説「人虎伝」を典拠とする作品。

京都吉田界隈にて、一部関係者のみに勇名を馳《は》せる孤高の学生がいた。その名を斎藤秀太郎《さいとうしゅうたろう》という。

彼は大文字山のふもと、法然院にほど近い木造アパートに暮らしていた。気が向けば哲学の道をたどって思索に耽《ふけ》る日々、煙草と珈琲をかたわらに臥遊《がゆう》するのを愉しみとし、便所の窓へ貼りつくヤモリの足裏が秘める不思議を研究し、百足《むかで》焼酎をこころみて半死半生となった。秋刀魚《さんま》が大の好物で、美味い秋刀魚を喰うために物干し台で七輪を使い、危うく下宿を灰燼《かいじん》に帰《き》せしめかけた。

下宿を焼き払う危険をおかしてまで断固喰わんとした秋刀魚をのぞけば、彼が惜しみなく情熱を注いだのは、ただ文章のみであったろう。杯盤狼藉《はいばんろうぜき》に及ぶことは滅多になく、桃色遊戯や単位取得といった俗事に色目をつかうこともなく、たいていはドストエフスキー的大長編小説の完成を目指して、くしゃくしゃと一心不乱に書いていた。

読み手は一人もいなかった。

「オマエ、このままその路線を貫いて人生大丈夫か」

三回生になったまわりの連中が懸念の意を表明しても、彼はまったく動じなかった。器が大きいのか、底抜けの阿呆なのか。それは彼らには分からなかった。実際のところ、この両者を見分けるのは容易でない。

やがて仲間が大きく減った。卒業したからである。

そぼ降る雨の中、彼は卒業式を高みの見物に出かけた。濡れた灰色の講堂から流れ出てきた真新しいスーツ姿の友人たちの前で、彼はからからと笑い、次のごとく嘯《うそぶ》いた。

「俺には自分が名を成すことがありありと分かっている。むざむざ社会の歯車となってくだらん仕事に命を削るよりも、俺は自分の才能にふさわしい名誉を得て、斎藤秀太郎の名を死後百年に遺す。四年は何事も為さぬにはあまりにも長いが、何事かを為すにはあまりにも短い。さらばだ、凡人諸君」

仲間たちは苦笑した。そして、「社会の歯車」になるために彼のもとを去っていった。

彼は留年と休学を巧みに使いこなし、およそ不可能と言われたモラトリアム延長の歴史的記録へ果敢に挑んだ。誰一人讃える者とてない孤独な行軍であり、如何にも万里孤軍来たるの感が深い。彼のあまりの器の大きさに実家は早々に匙《さじ》を投げ、財政援助を打ち切った。

＊

しかし文名は揚がらず、生活は日を逐《お》うて苦しくなる。

留年していた連中は卒業し、修士課程へ進んだ連中も学府を去り、博士課程に進んだ連中までもが博士号を掌中に収めつつあった。企業から海外へ派遣された者、めでたく結婚した者、あるいは起業した者、郷里の市会議員に若くして立候補した者、かつて鈍物として歯牙《しが》にもかけなかった連中が、社会の中で着実に地歩を固めつつある噂を彼は耳にした。

その頃から彼の容貌は峭刻《しょうこく》となり、肉落ち骨秀《ひい》で、眼光のみ徒《いたずら》に炯々《けいけい》として、かつての青雲の志に満ちた面影はどこに求めようもない。

大学に入学してから、実に十一年余りの歳月が流れた。

七月中旬のこと、彼は夕刻から珍しく祇園《ぎおん》祭の宵山見物に出かけた。そして夜九時頃に自室へ戻ったことは、同じ下宿の住人の証言から分かっている。それから深更まで、彼は自室で不気味に沈黙した。

深夜になって、彼は急に下宿のドアを蹴破ると、「もんどり！　もんどり！」とわけの分からぬことを叫びながら闇の中へ駆けだした。そのまま裏手の藪《やぶ》を抜けて、山へ駆け上った。そうして、二度と帰らなかった。

その行方については、何の手がかりもなかった。

誰一人、彼を探そうとしなかったからである。

＊

その翌年、八月初めの夜のことである。

京都府警川端署の巡査、夏目《なつめ》孝弘《たかひろ》という若者が、銀閣寺交番の当番勤務に当たっていた。彼は京都府警に奉職してまだ日が浅かった。

夏目巡査は奥の流し台に向かっていた。

古ぼけた炊飯器で炊きあがった飯が湯気を上げるかたわら、彼は逮捕術訓練と筋トレで鍛え抜かれた肉体を機敏に動かし、意外に繊細な手つきで親子丼の支度をしていた。小さな鍋で出汁《だし》を煮て、そこへ切り分けた鶏肉を放り込んだ。交番内に立ちこめる美味そうな匂いをかぎながら、蛍光灯の明かりの下で書類に向かっているのは前嶋《まえじま》巡査長である。

古刹《こさつ》南禅寺から流れ来たる琵琶湖疏水《そすい》が、大文字山のふもとで西へ折れる。銀閣寺交番はその疏水沿いに建っている。交番前から東へ向かうと、銀閣寺門前のゆるやかな坂道が延び、両側には土産物屋や料理屋が軒を連ねている。週末の昼などは観光客で賑わうけれども、今ではすっかり夜も更《ふ》けて、往来に人通りは絶えていた。

夕刻から一雨降っていったんは涼しくなったが、夜が更けるにつれて銀閣寺の背後に広がる深い森から生温い風が吹いてくるようで、どことなく不穏な気配がある。前嶋巡査長は時折、暗い表へ目をやった。

やがて食事の支度がととのった。忙しさにとりまぎれて食事ができず、腹を空かせていた二人はがつがつと喰った。半分ほど喰った頃に、ようやく巡査長が口を開いた。

「うまい。たまにはこういうのもいいな」

「ありがとうございます」

「今晩はどうも何かありそうだ。しっかり喰っとけ」

そう言って巡査長は冷たい麦茶を飲み干し、青い夏制服の皺を伸ばした。

この大文字山では、前年の夏頃から風変わりな事件が相次いでいた。山に近づく者が次々に怪異に襲われ、つい先日も大文字保存会が警察へ相談をもちかけてきたばかりである。

しかし何者かが山中に潜んでいるとしても、見つけ出すのは容易ではない。「大文字送り火」で知られる大文字山の背後には京都東山三十六峰に数えられる如意ヶ嶽が聳《そび》え、深い森が滋賀県まで広がっている。敵がその広い森を自在に駆け廻るとすれば、よほど大がかりな捜索を行わなくてはならない。目下のところ、登山者に注意を促《うなが》すほかはなかった。

夏目巡査が食器類を片づけていると、表の戸が開けられる音がした。息せき切って飛び込んできた学生らしき若者たちが、前嶋巡査長に助けを求めている。「火床でやられた」という言葉が聞こえた。夏目巡査は食器を放り出し、素早く手を拭った。

「おい、やつが出た。懐中電灯をよこせ」

前嶋巡査長が大声で言った。

銀閣寺の北に大文字山への登山口がある。鬱蒼《うっそう》と木が茂って明かりもないため、登山口わきにある駐車場から奥へ進めば、まったく何も見えなくなる。懐中電灯を頼りに二人の警官は慎重に歩を進めた。

大文字界隈で奇怪な現象が起こるという噂は広く知られているから、夜間に大文字山へ挑む豪傑も最近では減っていた。しかし、あの大学生たちはそんな噂を屁とも思わなかったらしい。

彼らは詭弁論部《きべんろんぶ》という偏屈なクラブに所属する学生たちである。詭弁論部は、初々しい新入生たちに「我ら詭弁を弄《ろう》しに弄して万人に嫌われて悔いなし」という誓言を強い、彼らの人としての幸せを入学早々台無しにするのを年中行事としている。

その唾棄《だき》すべき行事は大文字の火床に立って京都の夜景へ唾を吐き、「詭弁踊り」を踊り狂うことで締めくくられるのだが、その万人を満遍なく小馬鹿にする不埒《ふらち》な行為に及ぼうとした矢先、新入生の一人が、天空より飛来したとてつもなく大きな唾の塊になぎ倒された。自分が唾を吐くどころではない。大粒の唾は闇から次々と飛んできて、居合わせた連中が軒なみ打ち倒された。

ぬめぬめと糸をひく部長が「なんじゃこりゃあッ」と怒号すると、ふいに彼の身体が宙に持ち上げられた。呆然としている部員たちを尻目に、彼はヨーヨー代わりに弄《もてあそ》ばれているかのようにくるくると横向きに回転しながら夜景を背景に上がったり降りたりを繰り返し、ついには涎《よだれ》を垂らして泣き出した。

しばらくして、ようやく地面に下ろされた部長は、部員たちへ示す威厳も、詭弁で塗り固めてきたこれまでの卑劣極まる人生の何もかも振り捨てて、ただ「お母さーん」と郷里の母を恋しがりながら一散に火床から駆け下りていった。残る部員たちも慌てて後に続いた。蜘蛛《くも》の子を散らすように逃げる彼らの背後で、ドッとどよめくような笑い声が聞こえたという。

「いよいよこれは狸か何かのしわざだな」

前嶋巡査長は真っ暗な山道を歩きながら呟いた。

「しかしそれじゃあ処置に困ります」

「法の及ぶ連中ではないからな」

中腹にある千人塚という不気味な広場へ出たが、とくに怪しい人影はなかった。前嶋巡査長は懐中電灯の光をぐるりと廻《めぐ》らして、暗い木立の奥を調べた。

「ともかく火床まで行こう」

さらに山道を登り、火床へ出ると視界が開けた。

西に面する急な斜面に、大の字を描くための炉が点々とある。木々が生えていないために、そこからは京都の夜景が一望の下に見渡せた。涼しい風が吹き渡っていて、二人の汗を乾かした。彼らは汗を拭いながら眼を細め、星を撒《ま》いたような夜景を眺めた。

火床の中央にある弘法大師堂の廻りを調べてみたが、とくに注意をひくものはなかった。

「もう少し上まで行ってみるか」

弘法大師堂の背後から急な石段がさらに上へと続いている。「大」の字の、横棒より上の出っ張りに相当する部分である。石段の果てはふたたび道が暗い木立の奥へ消えていて、そこから如意ヶ嶽の三角点まで続き、その先は滋賀県へかけて広がる森となる。

石段へ前嶋巡査長が足をかけた途端、ぶしゃっという音がして、彼は大粒の唾にやられた。石段の上から飛んできたらしい。転げ落ちそうになる巡査長を危うく抱きとめ、夏目巡査は警棒を握りしめた。

続いて飛来する唾を巧みに躱《かわ》し、頭上の闇を見据えて「川端署の者だッ」と叫ぶと、二発目の唾が大きく逸《そ》れて夜空へ飛んでいった。向こうの狙いが狂ったらしかった。

ふいに「ああ、なぜこんなところにおまえが」と闇の中で呻《うめ》く声が聞こえた。

夏目巡査はその声に聞き覚えがあった。

「ひょっとすると斎藤さんではないですか？」

闇に向かって問いかけた。

闇からはしばらく返辞がなかった。しのび泣きかと思われる微《かす》かな声が時々洩れて来るばかりである。ややあって、低い声が答えた。

「如何にも自分は斎藤秀太郎である」と。

＊

夏目孝弘巡査は大学生の頃、麻雀狂であった。

大学界隈において「麻雀」は恐るべき魔力を持っている。昼夜を分かたぬ中国語の勉強に勤《いそ》しみすぎた挙げ句に生涯の大計を誤る学生も多く、雀荘のわきの路地にはそういった連中の屍《しかばね》が累々《るいるい》と積み重なり、道行く人から憐れみの視線を投げかけられている。

彼に麻雀の味を教えたのは、葵《あおい》祭の行列仕事で知り合った理学部大学院の永田《ながた》という男である。永田は、からりと晴れた秋空のように清々しく天真爛漫、大好きな麻雀に足を取られることもなく着実に学問の道を邁進する、つねに冷静で穏やかな男であった。

夏目と永田は雀荘に出入りしたり、知人の家へ入り浸って麻雀に耽った。永田は麻雀の途中に抜け出して研究室へ向かい、実験を終えて帰ってきてふたたび卓を囲むという荒技を難なくこなした。麻雀に憑かれた知人たちの屍を踏み越えて、それでもなお麻雀を悠々満喫するその姿は楽しげであった。

永田の同学年に、飛び抜けて風変わりな男がいるという話を夏目は耳にした。この界隈で「麻雀四天王」と呼ばれる男たちのうちの一人であるという。四天王とは言いながら、その他の三人については誰も知らない。永田がすでに修士二年目にいるというのに、その人物はまだ学部に居座っており、未だに卒業の見通しは立っていない。否、見通しが立たないというよりも、うかうかと見通しを立たせることを潔《いさぎよ》しとしないという。友人たちの卒業式において「さらばだ、凡人諸君」と嘯《うそぶ》いたという伝説は、夏目を感服せしめた。男は名を斎藤秀太郎といった。

夏目が斎藤と初めて卓を囲んだのは、一乗寺にあった永田の下宿で開催された「一乗寺杯争奪戦」であった。深夜になって、もはや鉄屑と言うべき自転車で悠然と現れたその男は、胡瓜《きゅうり》のように細長い顔をして、いわば自裁の日を目前にひかえた芥川龍之介を彷彿《ほうふつ》とさせ、異様な凄みを漂わせていた。

彼は鬼神のごとく強かった。

他人の煙草を吸い、他人の酒を飲み、「一乗寺杯」をやすやすと手中に収め、ついでに己の生活費をも手中に収め、そして一言の愛想もなく平然と去っていくその姿は、他の連中に一種無量の感を起こさしめた。他人を屁とも思わぬ勝ちっぷりには恨みを抱く隙もなく、妖怪変化のたぐいが目前を駆け抜けたごとくに思われたのである。

「ねえ、夏目君。あいつは偉いやつだよ」

白々と夜が明けつつある白川通を牛丼屋目指して歩きながら、永田は嬉しそうに言った。

「大学の知り合いで僕が尊敬するのは、あいつだけなんだ。僕も他のやつらも、みんな中途半端さ」

性狷介《けんかい》で自ら恃《たの》むところすこぶる厚い斎藤秀太郎は人付き合いをほとんどしなかったが、永田とだけは親しく行き来があった。永田は同学年である上に、その懐は十和田湖のごとく深かったので、傲慢きわまる斎藤の一挙手一投足を平然と受けいれることができたからである。永田は心から斎藤に尊敬の念を捧げ、斎藤はそれを水道の水を飲むがごとく、さも当然という顔をして受け取った。

＊

永田と親しくなるにつれ、夏目は斎藤秀太郎のもとを時折訪ねるようになった。晩夏のある夕べ、永田が斎藤の好物の秋刀魚を差し入れるというので夏目もついていった。

廊下に面したドアが開け放ってあり、その中から二人を迎えた斎藤は一糸纏《まと》わぬ裸であった。創作に熱中するあまり脳髄が白熱したので、衣服をすべて脱いでしまったのだという。

「志半ばで熱中症で死んではたまらないからな」

「小説の方はいよいよ佳境かい」永田が尋ねた。

「至るところ佳境だらけさ」

斎藤は平然と言った。

「そこらへんに適当に座れ」と斎藤は言ったが、その畳に彼の生尻がぺったりと据えられたことがまざまざと想像できた。夏目はためらいながらも腰を下ろし、初めて自分も人並みに潔癖であることを思い知った。

永田が秋刀魚を取り出すと斎藤はひどく喜んだ。押入をがさがさやって七輪を取り出し、「これで焼かなくては美味くない」と言った。そのまま秋刀魚の誘惑に身をまかせ、闇雲に廊下へ出ようとする。

「斎藤君、その前に下着だけでも身につけた方がいいね」と永田が言った。「それに、せめて米を炊かなくてはね」

夏目は七輪を抱えさせられ、斎藤について物干し台へ出た。裏手に迫る森から涼気が流れ込み、蜩《ひぐらし》の鳴く声が聞こえていた。斎藤は慣れた手つきで七輪に炭を入れて火をおこした。永田は下宿の一階にある共用炊事場で米を炊き始めてから、物干し台へ上がってきた。いよいよ金網を渡して秋刀魚を焼き始めると、斎藤は子どものような顔でかたわらにいる夏目に笑いかけた。

「やっぱり魚を喰わなくちゃいかんよな」

「うっす」と夏目は答えた。

「うちの母親は魚を喰うと頭がよくなるとつねづね言っていた。まったくその通りに違いない。見ろ俺を」

そこでふいに口をつぐみ、斎藤はじっと物干し台の隅を見つめている。ややあって少し怒気を含んだ声で先を続けた。

「あらゆる畜生の中でもっとも頭の良い生き方をしているのは猫に違いないが、あいつらが小狡《こずる》いのも魚を喰うせいに違いないぞ」

夏目が斎藤の視線を追ってみると、一匹の大きな黒猫がうずくまり、焼かれている秋刀魚を猫視眈々と狙っている。やがて斎藤が恐れた通り、そのふてぶてしい猫は秋刀魚への飽くなき情熱を実地に示した。追い払おうとした斎藤の手をすり抜けて、がぶりと秋刀魚の尻尾へ喰らいつこうとした根性は、猫舌のくせにあっぱれと言うべきであろう。

斎藤はそれをさらに追い払おうとし、誤って七輪を蹴倒した。真っ赤に焼けた炭が物干し台から転がり落ちた。階下には間の悪いことに、誰かが薄汚れた布団を広げていた。布団は真っ赤な炭を受けとめて不吉な煙を上げ始めた。

夏目と永田が消火活動に奔走する一方、斎藤は秋刀魚を持ち去った猫を追って下宿中を奔走した。

＊

斎藤秀太郎にも恋の季節があったと、夏目は永田から聞いた。斎藤が報われぬ恋の苦汁を舐めて夜毎《よごと》もがき苦しんだというならば万人が腑に落ちるだろう。しかし神の悪質な悪戯と言うべきか、相手が斎藤に恋をした。彼女は永田と斎藤の共通の知人であったが、結局その思いは斎藤に届かず、幾多の繊細微妙な経緯を経て、彼女は永田と付き合うことになった。

「それでべつにかまわんじゃないか」

斎藤は永田に言ったという。「勝手に幸せになるがいい」

それが本心からの言葉かどうか、夏目には分からなかった。

ともあれ正しい相手を選び得たことを、その女性の幸せのために夏目は喜んだ。一度だけ夏目も見たことのある彼女は、ふんわりとした頬をして、落ち着いた優しそうな人であった。玲瓏《れいろう》たる美貌で男をねじ伏せるのではなく、優しく男を癒して、しかる後ねじ伏せる人であろうと夏目は考えた。本当に彼女がそういう人であったかどうかは別である。

斎藤は恋のいきさつを黙して語らず、代わりに永田がこっそりと夏目に耳打ちした。銀閣寺道の薄暗い喫茶店で彼女が恋心を伝えた時、天下の斎藤秀太郎もすこぶる動揺した。動揺した自分に気がついて腹を立て、冷めた珈琲を一心不乱にかき回した。とうとうその場に踏み止まること能《あた》わず、憮然としたまま立ち上がって店を出た。彼女が珈琲代の支払いをすませて後を追って出ると、彼は小糠雨《こぬかあめ》を浴びながら威張って腕を組み、雨に煙る大文字山の方角を眺めていた。彼女がかたわらに立つと、彼は「俺のことは放っておけ」と言った。

「癒してどうする、この俺を」

彼は呻いた。

「今までの苦労が水の泡だ！」

＊

かくの如く桃色遊戯を排し、斎藤秀太郎は自分の城に籠もっていた。

彼の城は書棚と机、および壁一面を占める小さな引き出しのたくさんついた木製の棚から成っていた。不思議に思った夏目が尋ねると、斎藤は棚の引き出しを開け、細字が一杯に書き込まれた紙の束を取り出してみせた。

「これは宇宙に関することだ」と彼は言った。

その不思議な棚は、森羅万象に関する斎藤秀太郎の言葉を彼独自の分類基準にしたがって整理するためのものであった。

彼はつねに切り揃えた紙の束を持っており、何か天啓があれば、すかさずそこへ書きつける癖を持っていた。肌身離さず持ち歩き、「出張書斎」とも称した。風呂に入っている時であろうが、麻雀に耽っている時であろうが、夏目や永田と鍋を喰っている時であろうが、その習慣は乱れなかった。そうやって書きためたものを、彼は分類し、引き出しへ大切にしまった。そして、必要とあらばそれらの紙片を何十枚もかたわらに並べて、昼でも夜でも机に向かっていた。

斎藤の書いている小説は永田ですら読んだことがなかった。頭から尻まで完成していない小説は塵芥《じんかい》に等しく、他人に見せるべきものではないと斎藤は主張した。そしてその作品はつねに進行中であった。

知人の一人が次のようなことを言った。

斎藤のように部屋にずっと籠もって頑張っていても、小説なんぞ書けないのではないか。外へ出て、生きた経験を積んで書かなければ、所詮は机上の空論であると。

それを斎藤秀太郎は笑殺した。

世界は言葉によって作られている。ならば、「小説」が言葉を用いるものである以上、この世界に存在するいかなることでも俺は自在に書くことを得、その営為を通じてあらゆる世界の秘密へ到達し得る。半ば無作為につながれた言葉と言葉が、にわかに燦然《さんぜん》と輝いて指し示すものこそ、世界の秘密にほかならない。彼は満腔《まんこう》の自信をもって、そう言い放った。人間の文明というものは、突き詰めればただ言葉と数学のみに拠っている。数学を選ばぬ以上、言葉を極める人間が最もエライに決まっていると彼は言った。それゆえに俺はエライに決まっていると。

夏目にはさっぱり納得がいかなかった。

自分の方法論を実地に示すため、斎藤はしばしば、辞書を頭から読んでいた。

「もんどりを打って転ぶという言葉があるが、もんどりとは何か分かるか」

麻雀をしている最中などに斎藤はそういう質問を発して、夏目を面喰らわせた。

「分かりません」

「そんなことも知らんか。モン鳥とは、ラーマヤナにも登場するインドの伝説上の鳥である。これが救いがたく鈍《どん》くさい鳥で、じつによく転ぶ」

「それ本当ですか」

夏目がびっくりして問い返すと、斎藤はけらけらと嘲笑《あざわら》った。

「そんな鳥がいるものか、馬鹿め」

斎藤秀太郎とは、そういう男であった。

夏目は斎藤秀太郎とつかず離れずの関係を続け、残りの学生時代を過ごした。この孤高の人は、いったい何をどうしたいのか、夏目にはさっぱり分からなかったが、ともあれ退屈はしなかった。

永田は博士課程に進んで相変わらず飄々《ひょうひょう》と学問に励み、夏目は卒業後のことを考え始めていた。結局、思うところあって彼は警察官となることを心に決めた。

最後に斎藤秀太郎と会った日のことを、夏目は明瞭に覚えている。

後は卒業するのみとなった二月半ばの曇った日で、街は凍りつくように寒かった。哲学の道を歩いているところで雪が降り始めた。雪が舞う中にたたずむ下宿はひっそりとして人気がなかった。

斎藤は寒々しい一室で汚れた毛布にくるまり、広告紙の裏に書いた文章を睨んでいた。寒さに震えながら、二人は夏目の持参した煙草を吸った。

「おまえもそんなに卒業したいか。そんなに慌てて、いったいおまえは何を為すというんだ」

斎藤はそんなことを言った。「つまらん男だ」

夏目が警察庁へ入るということも斎藤の気に入らず、彼はすっかりむくれていた。法律やら国家といった話は、斎藤秀太郎の肌に合わなかった。

いつものことなので、夏目は何を言われても大して気にもとめなかったが、斎藤秀太郎の毒舌が時折やや淋しげに聞こえることに気がついた。彼の未完の小説は完成が近づくどころか、むしろいろいろの困難にぶつかっていた。その頃から斎藤が、彼にも似合わぬ焦燥のごときものをちらつかせ始めたことに、夏目は薄々感づいていた。

ひとしきり毒を吐いた後、斎藤秀太郎は「まあいいや」と呟いた。

彼は毛布をマントのように身に纏い、夏目を見下ろした。

「勝手に卒業するがいい」

畳に座っている夏目に向かって、斎藤はそう言った。

その後今日まで、夏目が斎藤に会うことはなかった。

＊

あれから時が流れた。

大文字の火床で涼しい夜風に吹かれながら、夏目巡査はかつて斎藤秀太郎の傍若無人な振る舞いを傍目《はため》に見て過ごした学生時代を思い起こした。闇の中に身を隠している相手も、同じ想いにとらわれているのであろう。

夏目巡査は懐かしげに久闊《きゅうかつ》を叙《じょ》した。

闇の中の斎藤秀太郎は姿を見せぬまま、声だけでそれに応えた。そうして、君は東京へ行ったはずであるのになぜ今京都にいるのかと尋ねてきた。

夏目はこれまでの経緯を説明した。いったんは警察庁へ入ったこと。警視庁へ出向して現場を経験したこと。それから警察庁へ戻ったが、やはり自分には現場がふさわしいと悟ったこと。警察庁を辞めて京都府警へ入り直し、今は銀閣寺交番にいるということ。そして今の自分の仕事に満足しているということを述べた。

斎藤秀太郎は闇の中から相づちを打ち、夏目が自分のゆくべき道を見つけ出したことに祝いの言葉を述べた。

「斎藤さん、あなたはこんなところで何をしているんですか」

夏目は思い切ってそう尋ねた。

一陣の風が森から吹いてきて、夏目は思わず首をすくめた。木々が不気味にざわめいて滝が落ちる音のように聞こえた。学生たちが火付けにつかったものであろう、火床に置き去りにされた新聞紙が風に吹かれて舞っていた。

「俺はもうすでに一年、ここにいる」

ややあって、斎藤秀太郎の唸《うな》るような声が聞こえた。

「俺は天狗と成ったのだ」

そして闇の中から聞こえる声は、次のように語った。

＊

どうしてこのようなことになったのであろう。

そもそもは俺が文章などに打ち込んだのが発端なのかもしれぬ。

俺がどんな小説を書いていたか、そんなことはどうでもよい。大切なのは俺が「書いていた」ということなのだ。

文章を書くことこそ、俺の唯一の拠り所であった。書きながら、俺はさまざまな発見をした。少なくとも発見したと信じた。

俺が今まで考えてもいなかった事柄が、次々と紙の上へ現れる。自分が何気なく書き連ねていく言葉が、知らず知らずのうちに世界について何事かを語り始める。その不思議な現象に俺は驚いた。言葉と言葉をぶつけて、その作用を観察することに俺は夢中になっていった。

そんなことを繰り返しているうちに、俺は文章を書くことのみで世界の秘奥へ至り得るという信念を持つに至った。現実と言葉を分けて考えるということを俺はしなかった。言葉こそが現実であったのだ。そのくせ、俺には言葉に対する敬虔《けいけん》さはなかった。世界を掌中に収めたごとくに考えて、俺はひどく傲慢であった。

しかし、ちょうどおまえが卒業した頃からだ、俺が妙な困難を抱えるようになったのは。

初めは小さな躓《つまず》きに過ぎなかった。その時は気にもせずに眠った。そうすれば当分は巧くいく。ところがやがて、躓きが頻繁に起こるようになってきた。

文章というものが形を成さなくなってきたのだ。

何かを書こうと心を決めて机に向かっても、頭の中で夥《おびただ》しい言葉たちが蟲《むし》の如く蠢《うごめ》き出して、我も我もと前へ出ようとする。俺はそれを押しとどめて、これ一つというものを選ぶことができなくなった。俺が書こうとしているのは、「赤い」なのか、「紅い」なのか、「朱い」なのか。「緋い」いや「赫い」かもしれん。悩むばかりで、俺は結局どの「あかい」も書けなかった。

　そうかと思えば、ふいに「もんどり打って転ぶ」という言葉が気にかかる。正しい定義を思い浮かべようとすると、まさかありはしないインドの伝説上の鳥が脳裏に浮かんで転げ廻る。しまいに俺は、本当に「もんどり」とはその鳥に由来するのではなかったかと考えている。まさかと驚いて頭を振っているうちに、ついには「もんどり打って転ぶ」という言葉そのものが、俺が妄想した架空の言い廻しではなかったかと思われてくるのだ。

　そう考えていると、俺の脳裏に浮かんでくる言葉の数々が、ことごとく疑わしく、ちっとも当てにならないものに思われてきた。俺はいったい何を信じていたのだろう。こうしてため込んだ夥《おびただ》しい言葉の上にのうのうとあぐらをかいて、それで自分が本当に何事かを語り得ると信じていたのか。

　ある日、十時間以上も机に向かって呻吟《しんぎん》した挙げ句、気づけば俺は、目の前の白紙に脈絡もない言葉だけを延々と書き連ねていたに過ぎなかった。「韋駄天」、「恐れ入谷の鬼子母神」、「海砂利水魚」、「蛇足」、「融通無礙《ゆうずうむげ》」、「画龍点睛を欠く」などと。

　それらの言葉はてんで勝手に散らばっているだけで、いっこうに繋がろうとはしなかった。ただそこへ投げ出され、ことごとく死んでいるように見えた。鍛錬の末に俺が目指していたものは、こんなわけの分からぬ言葉の羅列ではなかったはずだ。

俺は書くことを諦めて、しばらくは呆然と時を過ごした。書くことから離れていれば、ふたたび勘を取り戻すかと淡い期待をかけた。しかし、いったん失われた言葉への信頼を取り戻すことは容易でなかった。あの紙の上へ死んだように散らばっていた言葉たちの姿が頭から離れないのだ。

しかし、何も書かずに生きていくことなど、俺には想像もできなかった。

俺は自分が天才であると、満腔の自信をもって信じてきた。それが俺の人生でなければならない。断じて、それ以外の人生であってはならなかったのだ。

＊

俺は一人で苦しんだ。

永田は研究室が忙しく、長い間会っていなかった。会いたくもなかった。今の自分の境遇をあいつに打ち明けることはできなかった。あいつが尊敬したのが、かつての俺であることぐらい、俺には重々分かっていたのだ。今の俺はかつての俺ではない。このように自信を喪《うしな》った不甲斐ない自分をやつの目にさらすぐらいならば、姿を消した方がましだと思った。

俺は街をさまよった。

ひょっとすると自分は凡人であろうかという恐怖が俺を引きずり廻した。本を読もうと手にとってはみたが、どれもこれものっぺりとした意味のない文章に思われて、俺には読むことができなかった。そのくせ自分では一文たりとも書けないのだ。

そんな日々が延々と続いた。

今までの自分を忘れて、他の生き方を見つけなければならないと考えた。しかしそれは死ぬも同然である。俺は自分の思い描いていた人生にあまりに自分の型を合わせすぎている。それを突き崩す方策はまったく思い浮かばなかった。

今更大学に通い始めても、卒業できるとは思われない。よしんば卒業できたにせよ、いったいこの俺に何ができるというのだろう。文章が書けなくなった時、俺は自分が凡人となることを考えて恐怖したが、俺は凡人ですらなかったのだ。文章を書くことを取り除いてしまえば、俺はまったくの無能だった。今まで凡人だと思っていた連中が、むしろ俺の手の届かない高みに立っているように思われた。

しかし悔しくはなかった。これは強がりではない。せめて悔しければ、俺も少しは奮起したに違いないのだ。俺はただ、あまりに様相を変えた世界に打ちのめされ、日に日に無力感を深めただけであった。この先ずっと眺めていなければいけない、この索漠《さくばく》とした世界にほとほと絶望した。

何者にもなりたくない、何もしたくないと俺は思った。

＊

俺は一つのことだけに賭けた学生時代を悔やんだ。あまりにも性急に自分の型を決め、すべてを台無しにしたように思った。

彼女と銀閣寺道の喫茶店で語らった時のことを俺は懐かしく思い出した。もう何年も前のことだ。彼女がどうしているのか俺には分からなかった。できることならばあの時に戻って、自分の生き方を変えたいと願った。

その頃、俺は彼女と付き合うことになったもう一人の自分を想像しては、虚しい喜びを味わっていたのだ。笑いたければ笑えばいい。俺が部屋に籠もって想像するもう一人の俺は、手遅れにならないうちに無駄な夢を見ることをやめて、今の俺よりはよほど立派に生きている。あり得たかもしれぬもう一つの生を克明に想像して味わいながら、俺は無為に時を過ごした。

自分の為した何もかもがことごとく間違っているように思われた。

ただ文章のことばかりを考えていた学生時代も、結局己の無能無力を押し隠していただけではなかったか。考えてみれば、俺は本気で文章で身を立てる気がなかったのかもしれない。おまえには言わなかったが、俺も自作の小説を文学賞へ応募したことはたびたびあった。しかし、それはいつもあからさまに手を抜いたものだった。こんなものに本腰を入れるまでもないと一人嘯《うそぶ》きながら、それは虚栄心を守るための手段に過ぎなかったのだ。そんなことを繰り返して、いったい何の成果がある。あいつは本気でその道へ踏み出すつもりがなかったのだと言われても、俺には返す言葉もない。

まだ時間が足りぬと言いながら、俺はただ結果を突きつけられるのを恐れ、逃げ廻っていたに過ぎなかった。何者にも邪魔されない甘い夢を見続けていたいがために、いつ果てるとも知れない助走を続けて、結局俺は自分で自分を損なったのだ。

＊

そういった日々にすっかり弱り切っていたある夕べ、俺は宵山を見物に出かけた。

烏丸《からすま》通は歩行者天国になって、どこまでも櫛比《しっぴ》する屋台が夜の底を輝かしていた。

その中を夥しい見物人の群れが北へ南へと行き交っている。俺はとくにあてもなく街路へ入った。狭い路地の奥で橙色に輝く山や鉾《ほこ》を眺めながら、熱くて黒々とした人のうねりの中にいると、少しは気が紛《まぎ》れた。この祇園祭の喧噪の中へ、このまま消えてしまうことができればどんなに気楽であろう。俺はそんなことを考えながら、室町通をふさいで燦然《さんぜん》と輝く「鯉山」のわきを抜けようとした。

そこで俺は永田と彼女が連れ立って歩いているところへ出くわしたのだ。

「ずいぶん久しぶりだねえ！」と、永田は夜店の焼き鳥を振り回して、嬉しそうに言った。

永田は博士号を取った後に研究員をやっていたはずだが、この夏から英国の大学へ行く段取りになっていると言った。あいかわらず明るくて屈託がなかった。どこか目の輝きが以前の永田とは違っているように思われたが、それは俺のひがみかもしれない。永田のかたわらに立っている彼女は浴衣を着ており、今は旅行会社に勤めていると言った。

永田は焼き鳥を一本くれた。俺たちは路地のわきへ寄って立ち話をした。永田は海月《くらげ》の遺伝子がどうとか、俺には分からない話をした。分からなかったけれども、ずいぶん面白そうに聞こえた。

「ようやく僕も自分のやってることの味が分かってきた。やっと君と並んだよ」

「そうか。ずいぶん時間がかかったものだ」

俺は高笑いをしてみせた。

永田と彼女が結婚するということをその時初めて聞いた。近々、仲間うちで小さな祝いの会を開くので、ぜひ来て欲しいという。俺は手短かに祝いを述べ、必ず出席して立派なスピーチをやってやると言った。

「久しぶりだし、三人で飯でも喰おうよ」永田が言った。

「悪いが、俺はこれから書くことがあるからだめだ」

そう言って立ち去りかけた俺に、永田が呼びかけた。「いよいよ佳境かい」

俺は永田に大きく頷いてみせてから、「また会おう」と言って身を翻《ひるがえ》した。他人をかまわず押しのけて、室町通を北へ歩いた。

俺は紺色の夕空を仰ぎ、歩きながら号哭《ごうこく》した。

あいつは今も俺を信じていたのだ。しかし、肝心の俺は自分を信じることに失敗した。己に絶望し、みっともなく今までの所行を後悔し、ただ無為に不貞寝《ふてね》していた。俺は何よりも、自分に敗れたのだ。あれほど誇り高かったこの俺が！

祇園祭から下宿へ帰ってきて、俺は怒りに任せて机に向かった。

しかし、鏡に囲まれた蝦蟇《がま》のように、俺は微塵も動けなかった。頭の中には「もんどり打って転ぶ」という言葉ばかりが飛び跳ねて、ほかの言葉は出てこない。そうやって深夜まで苦しんでいると、廊下で誰かが俺をからかうように「もんどり」「もんどり」と囁いている。

俺は怒りに駆られて廊下へ出た。そこには誰もいなかったが、声は裏の森から聞こえてくる。馬鹿にしていると思った。

俺は下宿から駆けだして、森へ入った。

無我夢中で駆けていくうちに、自分の身体がどんどん軽くなっていった。大文字山へ向かう森の中を、俺はまさに飛ぶように駆けている。あまりにも身が軽くて足が地につかぬようだと思ったとたん、俺は生い茂った梢《こずえ》を突き抜けて、青白い光に満ちた夜空へ浮かび上がっていた。月光に照らされている森の上を、俺は滑るように飛んでいた。

人影もない大文字へ上ってゆきながら、後ろを振り返った。木々の梢の向こうに、京都の夜景が広がっていた。

俺はそんなに美しいものを初めて見た。

*

それから一年、俺はここに暮らしている。

昼は森の奥深くで眠り、夜はあたりをうろつく人間たちに唾を吐きかけている。おまえが俺の姿を見ても、かつての俺とは分かるまい。俺は自分を天狗だと言ったが、おまえは野人だと思うだろう。どのみち大した違いはない。俺は天狗と成って怪異をあやつる術《すべ》を身につけたが、そんなものは何の役にも立ちはしないのだ。俺は大文字山を下りることすらできはしない。

かつては下山を企てて、虚しい努力を重ねたこともある。だが、鹿ヶ谷へ向かおうが、銀閣寺へ向かおうが、気づけば俺はこの弘法大師堂の前へ戻っている。空を飛べたところで、稲田の上を舞う燕のように大文字山の上をくるくると廻るばかりだ。どうやらこの山頂の牢獄へ閉じこめられたようだと俺はようやく気がついた。今の俺は、夜になって目覚めても、決して手の届かない眼下の街の明かりを眺めて、たいていはただ呆然と時を過ごすほかない。

人が上ってくると、俺はつい我慢ができずに彼らを追い返してしまう。今の俺は他人と語りたいと思っているのに、いざ彼らが目の前に現れると、その愚劣さに虫酸《むしず》が走り、とうてい怒りを抑えられない。今おまえとこうして喋っていても、ここから叩き落としてやりたくてたまらない。

今の俺は、万人を軽蔑する中身のない傲慢が、ただ人の形を成しているだけのものだ。だからこそ俺は天狗なのだ。

時々、俺はかつての自分を思い出す。汚く狭い自分の部屋を、目の前の机に広げられた白い紙を、そしてその紙さえあれば何事でも書き得ると信じていたことを。今こうして語っているように、俺はふたたび文章を書くことができるだろうか。それは分からない。

しかし書けるようになっているからといって、この山から下りることのできない俺には、それが何の役に立つだろう。完全な孤独へ閉じこめられてようやく、人に何かを伝えたいと願ったところで、自分を虚しく苛《さいな》むだけだ。

俺はただ沈黙して、眼下に街を眺めているのがふさわしい。

＊

澄んだ空を雲が流れて、月光があたりを照らした。

急な大文字の斜面には二人の警官のほかに人影はなく、闇から聞こえるその声もまるで幻聴のごとく思われた。最後の言葉が闇に消えてしまうと、その声はそれきり後を続けなかった。

「斎藤さん」

夏目巡査は闇に呼びかけた。「我々と一緒に下山しましょう。大丈夫ですよ。下りることができます」

そう言ってかたわらを見ると、前嶋巡査長も静かに頷いた。

夜風が火床を吹き渡った。

月光を浴びながら、異様な姿をした人間が彼らの前に姿を現した。破れて汚れた毛布をマントのように羽織っていた。髭は伸び放題で、固まってそそり立った長い髪が風でわずかに揺れている。その男、斎藤秀太郎は彼ら二人を恐ろしい眼で睨んだ。

「山を下りろ。もう会うこともないだろう」

斎藤は言った。「永田に会うことがあったら、俺は志半ばで死んだとでも言っておけ」

前嶋巡査長がひそかに足を踏みしめて、取り押さえる算段をしているのが夏目には分かった。

しかし斎藤秀太郎は彼らの動きを即座に見抜いたようであった。ふいに夜空へ向かって高笑いして、「俺を捕まえるつもりか」と言った。

「捕まえやしません。一緒に山を下りましょう」

夏目はゆっくりと言い、握手を求めるように手を伸ばした。

その瞬間に前嶋巡査長が斎藤に向かって飛びかかったが、相手はそれを軽く躱してふわりと宙を飛び、弘法大師堂の屋根へ降り立った。その身のこなしはたしかに彼の言うように天狗そのものであった。

「早く下山してくれ。言ったはずだ、おまえらを見ていると虫酸が走ると」

「斎藤さん、僕と一緒にここを下りましょう。地上へ帰りましょう」

夏目巡査を見下ろす斎藤の目に、微かに哀しみのようなものが感じられたが、それも一瞬のことであって、すぐさま嫌悪と侮蔑の色に覆い隠された。

襤褸《ぼろ》ぎれのマントを翼のごとく広げて、折しも吹きつけてくる突風に身を任せながら、斎藤秀太郎は夜空に煌々《こうこう》と輝く月を仰いで高らかに笑った。

「さらばだ、凡人諸君」

そして彼は飛び立った。

夜空を幾度か旋回して、如意ヶ嶽の方角へ消えてゆく姿を、夏目巡査はただ呆然と見送った。

夏目巡査は斎藤秀太郎の身の上を思った。

前嶋巡査長が見ているかたわら、夏目巡査は長い間、黙って眼下の夜景を眺めていた。

*

留学先から一時帰国した永田が京都へやって来たのは、その出来事から一週間ほど後のことであった。数日前に彼から帰国したと電話があったので、夏目は自分が銀閣寺交番にいることを伝えておいた。

その日の夕刻、永田がふらりと交番前へ現れた。永田は卒業以後の経緯を述べ、夏目は警察に入ってからの出来事を語った。

やがて永田は斎藤秀太郎のことを尋ねた。午前中に研究室を訪ねた後、彼はふと思い立って斎藤の下宿を訪問してみたという。

「斎藤君のことだから、ひょっとしてまだあの下宿で踏ん張ってるんじゃないかと思ったんだけど、もう誰も住んでなかったよ」

「僕もよく知りませんが、故郷へ帰ったそうですよ」夏目は言った。

「そうか。連絡先は誰も知らない？」

「そう思いますよ。斎藤さんはそんな気を廻す人じゃないでしょう」

「だろうねえ。じゃあもう会うこともないのかな。結婚式にも来なかった。留学する前にも何度か訪ねてみたんだけど、いつ行っても留守でね」

永田は微笑んだ。「結局、彼の大作も読めなかったなあ」

それから二人は、かつて勇名を馳せた孤高の男に関する想い出話に花を咲かせた。この上なく登り詰めた孤高の頂にあぐらをかき、永遠に終止符の打たれない著作に没頭しては周囲へ遍《あまね》く唾を吐き、七輪で焼いた秋刀魚をむさぼり喰う怪人の想い出は、幾らたぐっても延々として果てしがなかった。

「それにしても斎藤さんという人は、底抜けの阿呆《あほう》でしたね」

夏目は言った。

「そうだねえ。阿呆だったねえ」

永田は嬉しそうに笑った。

「ねえ、夏目君。僕が本当に尊敬しているのは今でもあいつだけさ」

やがて永田はここらで切り上げていったんホテルへ戻ると言った。交番を立ち去る前に、彼は大文字山の方角へ目を遣《や》った。夏目巡査もつられてそちらを見上げた。雲一つなく晴れ渡った青い空を背景にして、傾く陽射しに照らされた大文字山が盛り上がっていた。

「今年こそは大文字の送り火を見る」と永田は言った。「穴場はもう押さえてあるんだ」

「今年が初めてなんですか？」夏目は驚いて言った。

「うん。学生の頃は見たことがなかったよ。盆には毎年故郷に帰っていたからね。滅多にない機会だから今年は見ておこうって妻が言うんだ」

そう言って彼はニッと笑い、観光客で賑わう疏水沿いを歩いていった。

＊

五山送り火は、盆、八月十六日に行われる。

大文字山では大文字保存会の手によって火床が整えられた後、灯明《とうみょう》が灯された弘法大師堂において僧による読経が行われる。その灯明の明かりがやがて薪にうつされて、京都の夜空に「大」の字が浮かぶことになるのだが、その年は不可解な出来事があった。

いざ大の字が灯り、眼下の街中では見物人たちの歓声が上がっている時のことである。弘法大師堂の屋根の上で何かが大きく燃え上がって、慌てふためく人々を尻目に、斜面を駆け下った。その炎は大の字の上を融通無碍《ゆうずうむげ》に駆け巡って、見る人を驚かせた。火床にいた目撃者の話では、炎は人の形をしているようにも見え、高らかに笑っていたという。

賀茂大橋に群れ集う見物人たちを制しながら、夏目巡査はそれを見た。

永田と彼の妻は、研究室の後輩たちと一緒に忍び込んだ大学の屋上からそれを見た。大の字が消えた後も、炎は人々を小馬鹿にするように駆け、やがて宙に舞い上がった。そのまま天へ上り、東の空へ飛んで行った。

昨年から続いていた怪異のこともあって、天狗の仕業かと思われた。

そして、その事件以後、大文字山で起こっていた怪異はふいに止んだので、あれは天狗の最後のひと暴れだったのだろうと噂された。彗星のごとく夜空に輝いて琵琶湖へ向かって飛んでいったから、おそらく大文字山に住んでいた天狗が住処《すみか》をあちらへ移したのだろうと言う人もあった。

＊

その後、夏目巡査は幾度か大文字山へ登ってみて、如意ヶ嶽の森へも分け入ってみたが、斎藤秀太郎の行方は杳《よう》として知れなかった。

ただ、長等山《ながらやま》園城寺へ向かう山道から少し外れたところで、彼は濡れそぼち膨れた紙の束を見つけた。それは古紙を丁寧に破いて大きさを揃えたもので、隅に開けた穴に蔓《つる》を通して縛ってあった。

何か言葉が書かれているようにも思われたが、それはすっかり雨露に滲み、読むことはかなわなかった。

# 藪の中

藪の中

【やぶ―の―なか】

発表：一九二二年「新潮」

著者：芥川龍之介（一八九二―一九二七）

一つの事件を巡る多数の証言の矛盾から、人間心理の複雑性を描く。発表以来、無数の議論がかわされたが、未だその真相は「藪の中」にある。

## 映画サークルの後輩の物語

あの映画「屋上」は上映前から話題になっていた。わりあい硬派なうちのサークルの映画にもあるまじき、主役二人の熱烈な接吻映像が延々《えんえん》続くという噂で。だからこそ評判を呼んで、学園祭の上映日には長蛇の列もできた。

それだけ噂が広がったのには理由がある。

そもそもあの映画は、撮影から上映まで、徹底して秘密主義で押し通した映画で、サークルの仲間内でも脚本を見せてもらった人間がおらず、どこで何を撮影しているのか誰一人分からないというありさまだった。だから撮影を見物に行くこともできなかった。試写会すらなかったんだ。大まかなストーリーだけしか分からなかった。そんなに秘密にするからには、きっと「特別なしかけ」があると思うのが人情だ。隠しごとをすれば、探り出してやろうと企む人間も出る。そういうわけで、編集作業を覗き見して、噂を流した奴がいたわけだ。もっとも、べたべたとチラシを貼るよりも噂を流した方が、客を呼ぶには効果的だったかもしれない。

言っておくけど、俺がやったのではないよ。

まあ、俺にしてみれば、あのラストシーンは呆れるしかなかった。裏の事情を知っている人間からすれば、なおさらだ。

とにかく、ひどい映画だ。中身も、撮った連中も。

監督の鵜山《うやま》先輩は何を考えていたのか分からないし、あの人の企みに乗った主演の長谷川《はせがわ》さんと渡邊《わたなべ》先輩の考えていたことも分からない。

主演の二人は上映会に来なかった。

姿を現したのは鵜山先輩だけだ。

撮影中に、さぞや見るに堪えない修羅場があったんだろう。しかし、鵜山先輩が自分でまいた種だ。そもそもあんな企画を立てるのが、人倫に反しているんだ。男二人に女一人、密室に近い環境に籠もって撮影していて、そのうち二人は付き合っていて、残りの一人は元恋人なのだから、いくらなんでも揉めるだろう。揉めて然《しか》るべきだ。いっそ殺し合って全員死ねと俺は思うね。

暗い講義室で映写機のかたわらに立っていた鵜山さんの姿を覚えている。

会場は満員御礼で、接吻シーンではさすがに会場がどよめいた。あの歓声を鵜山さんはどういうつもりで聞いていたんだろうな。自分の恋人とその元恋人に接吻させて、それを撮影して上映するような人間の気持ちは分からん。鵜山先輩を「映画の鬼」となんとか讃える後輩連中の気持ちも分からんでもないが、万事が俺の趣味ではないよ。

誰にも知らされなかった撮影期間中、あの三人はどういう時間を過ごしたか。

まあ、真相は藪の中だ。

べつに知りたくもないけれども。

# 斎藤秀太郎の物語

映画「屋上」は拝見した。

主演の長谷川さんに味わいがあったほかは、まあ面白くもない映画だった。鵜山との貧弱な縁がなければ、あんな映画は観ずにすませたはずだ。のこのこ出かけて時間を無駄にした。

鵜山という男と初めて会ったのは「一乗寺杯争奪戦」の夜だった。一乗寺杯というのは、友人の永田という男が下宿で主催している徹夜麻雀だ。

鵜山は自虐的で、私の好みではない。判断力が鈍ると言って酒をひかえて、そのくせ徹底的な敗北を喫する。なぜ敗北したのか、逐一《ちくいち》説明してみせて頭をかく。その一挙手一投足、卑屈なる彼の魂の内実をことごとく暴露して余すところがない。なによりも私が気にいらないのは、奴がそういう情けなさを美味そうに味わっていることだ。

麻雀の合間にも、私は移動書斎に籠もって書き物に余念がなかった。私はいつもこうして束ねた紙を持ち歩いていて、ひまさえあれば思索に耽る。鵜山はこれにいたく興味を示した。聞けば奴もサークルで映画を作っていて、そのためのアイデアをあれこれ手帳に書きつけていると言うのだ。鵜山は自分のアイデアを盛んに吹聴《ふいちょう》して意見を求めてきた。そうして喋っているうちに、屋上に迷い込んで出逢う男女の話ができたようだ。奴が卑猥な笑みを浮かべて、時代劇の越後屋のようにニヤついていたのをよく覚えている。

撮影場所を教えたのは私だ。

鵜山は舞台設定にはこだわりがあると言っていた。軍艦島へ乗り込もうとした「武勇伝」を私に聞かせたが、敢《あ》えなく失敗に終わったのであるから武勇伝とは言えまい。ともあれ、奴がそういう景色の場所を探しているというので、あの屋上を推薦したのだ。私の住んでいる下宿は哲学の道に沿った町中にあるんだが、そのとなりに築三十年という鉄筋アパートがある。その屋上は荒涼たる景色でいかにも鵜山好みだ。私も幾度か忍び込んで秋刀魚を焼いたことがある。高い秋空の下で秋刀魚を焼いて喰うのはじつに美味いからね。

撮影は九月の末から十月末頃までかかったようだ。

あの連中が乗り込んできた日のことを覚えている。

鵜山は一人ではしゃぎ廻っており、真空中に釣り下げられたコマのごときその空転ぶりは目に余るものがあったが、そうして痛々しい状況にある己を嬉々として愉しんでいる様子が透けて見え、これはもう、いっそ痛快と言ってよかった。つくづく業《ごう》の深い男だ。だが筋が通っている。私が鵜山という男を認めるのはその点だけだ。

鵜山のほかには主演の二人がいた。

渡邊という男は、いかにも暗く孤独に思い詰めている一匹狼といった風情があって、私は鵜山よりも、よほどこちらに好感を持った。

主演の長谷川さんについて、巧く語る言葉を私は持たない。初対面の時は取り立てて言うべき印象も残らなかったが、映画を観てみたら、これがなかなか。映画の中の彼女が魅力的でないと言えば、嘘になる。だが、初対面の時は、なんのへんてつもない人に見えた。言葉を交わさなかったせいかもしれないが、しかしそれだけが理由とはどうも思えない。あの映画の中で、彼女をあれだけ美しく見せているものは何であるのか。撮影の角度や、演出や、女優としての演技力など、いろいろと理由をつけることはできよう。だが、そのどれも簡単すぎて、今ひとつ私には納得がいかないのだ。

映画の中の彼女はまったくの別人と言ってよかった。

あの九月の末、薄暗いアパートの玄関に立った彼女は、本当に、ただ微笑んでそこに立っているだけの、物静かな、平凡きわまる乙女と見えたのだ。

## 監督を崇拝する後輩の物語

監督の鵜山さんはホンマに凄い人です。僕の心の師匠です。

あの人に比べたら、僕なんか虫けらです。いや虫けらどころじゃない、屑です。ゴミです。鼻クソです。生きている値打ちないです。僕はサークルに入ってまだ一年ですが、鵜山さんはすぐに凄い人だと分かりました。

うちのサークルでは城《じょう》ヶ崎《さき》さんと相島《あいじま》さんと鵜山さんで「三羽烏」と言われてますが、映画を撮る才能はやっぱり鵜山さんが一番です。他の人たちは口ではいろいろ言うけど、みんな中途半端ですよ。鵜山さんだけですよ、本当に映画を撮ってるのは。

ただでさえ映画を撮るのは時間がかかるもんだけど、鵜山さんは半端でなく粘ります。あの人はいったん書いた脚本は絶対に変えない。情景から台詞から、一字一句変えない。城ヶ崎さんたちにはあんなことは絶対できません。鵜山さんは脚本を書いてる段階で、もうそれしか自分に撮るべきものはないと分かっている。他の道はあらかじめすべて捨てて、わずかに残ったものがあの人の脚本です。だから鵜山さんにとって、脚本以外の形の映画はあり得ない。そのせいで、偏執的でキモいと言われたりもする。

でも、そうあるべきじゃないんですか。僕らがやってるのは商業映画じゃないのだ。誰に命じられて作るわけでもないし、完成が遅れても会社が破産するわけじゃない。偏執的にならなくて、どうするんだと思う。城ヶ崎さんたちみたいに手を抜いて、涼しい顔してるみたいなのは僕は嫌いだ。あの人たちは鵜山さんが脚本にこだわるのを馬鹿にして、映画というものは撮っているうちに成長していくとかなんとか、どこぞで聞き齧《かじ》った映画論みたいなことを言ってますけど……。もちろん、立派な人なら、撮っている間に映画が成長していくかもしれませんよ。でも断言しますが、城ヶ崎さんたちの映画が、撮っているあいだに成長してるわけがない。ただの行き当たりばったり、偶然できちまったものを「俺の映画だ」と主張してるだけです。少しは恥ずかしいと思え。

誰が何と言おうと自分の脚本通りに撮っていくということは、鵜山さんが完璧に自分の撮りたい映画を把握してるということです。

鵜山さんは日頃からずうっと映画のことを考えていて、手帳を持ち歩いているんです。そこにあれこれ書き込みながら、あの人は作るべきでない映画はぜんぶ手帳の上で上映するんだろうと思います。そうやって捨てて捨てて捨てた挙げ句に残るものを撮る。

今回の映画では、僕もお手伝いをさせてもらおうと思っていたんです。どうせ僕が映画を作っても先輩たちに馬鹿にされるのがオチですから。でも鵜山さんは二人芝居を作ると言いました。ほかのメンバーはいらない、主演の二人と俺だけでいいって。あてが外れてガッカリしました。

でも「屋上」について、鵜山さんから何度か構想を聞いたことがありますよ。

僕が覚えているのは、あの映画の価値は外側にあると、鵜山さんが言っていたことです。カメラのこちら側、あるいはスクリーンのこちら側にあるんだと。

それがどういう意味なのか、僕には分かりませんでしたが。

## 主演女優の友人の物語

主演の長谷川さんは一回生の頃からの友達です。

皆よく言うんだけれど、ふだんの菜穂子《なほこ》と、映画に出てる菜穂子では、だいぶ雰囲気が違いますね。ふだんはぼうっとした平凡な感じに見えるけど、映画に出ると凄く魅力的になります。まあ、悪口を言うつもりではないんですけど、菜穂子はその落差が凄く大きい人です。波の上がり下がりが激しすぎる。っていうか、おおむね波は低いんですよ。それを漫然と映画に撮っただけでは、全然使えませんね。

でも鵜山君という人は、菜穂子を撮ることにかけては「鬼」ですからね。恋人だからというのはあるにしてもね、あそこまで熱烈なのはちょっと怖いぐらいですよ。彼はずうっと撮り続けて、菜穂子の波が一番高くなったところを残らず的確に押さえていく。普通の人には真似できないと思う。菜穂子がいないと鵜山君の才能は発揮しようがないし、菜穂子は鵜山君がいないと魅力的にはなれないと。そういう風に考えると、まあ、理想的な恋人同士と言えなくもないですけど……これは窮屈《きゅうくつ》というか、気色悪いというか、そんな閉鎖的な関係はちょっと嫌ですね。

　映画の中の菜穂子は、けっきょく鵜山君が作り上げた菜穂子なんですけど、菜穂子はね、映画の中の自分と現実の自分との違いが分からなくなってるところが、確かに少しありましたね。いい気になっていると言うと言い過ぎですけど。あの映画を撮ってた当時、菜穂子は鵜山君と別れたいと言うことがありました。あんまり詳しくは喋ってくれなかったけど、ちょっとね、鵜山君を見下してるようなところがあったかもしれません。でも私から見れば、菜穂子が自信をつけたのも、あれこれ褒められるのも、ぜんぶ鵜山君あってのことなんです。ところが菜穂子は、自分がのぼってきたハシゴがたぐいまれなハシゴだってことが見えなかったんですよ。で、のぼったハシゴは用済みだから、そろそろ捨てちゃおうと思ったのかもしれませんね。

　でも、しょうがないとも思いました。鵜山君は基本的に相手を駄目にする人だから。鵜山君は、一途は一途だけど、歪んでますから。いくら一途でも歪んでちゃしょうがない。

　最初は渡邊君だったんですけどね。

　一回生の頃、渡邊君が菜穂子に兼六園で告白したのはみんな知ってますよ。

なんで兼六園かというと、映画サークルで親睦旅行に行ったからです。私は菜穂子を見失って捜してたんだけど、そのあいだに菜穂子と渡邊君はちゃっかりと二人で会ってね、楽しく語らっていたそうです。そういえば、鵜山君がカメラ持ってうろうろしているのも見かけました。もしかすると鵜山君も菜穂子を捜してたのかもしれませんけど、その時は渡邊君に先を越されたことになりますね。

でも結局、渡邊君は鵜山君に菜穂子を取られてしまったんです。

私の想像ですけど、渡邊君はそんなに必死に菜穂子を引き止めなかったんじゃないでしょうか。彼女がそれほど好きでなかったとか、そうではなくて、渡邊君はそういう人なんですよ。黙って我慢していればいずれ何もかも分かってもらえるだろう、みたいな、彼と話しているとそういう感じがします。寡黙と言うと聞こえがいいですけど、彼にはそういう甘えたところがあるんです。彼なりの体面とか、美学を守りたいんでしょうね。それで意地を張る。知らんぷりをする。平気な顔をする。そんなの、鵜山君みたいなトンデモナイ人には勝てないに決まっていますよ。

で、別れた後も、三人で遊びに行ったり、ご飯食べたりしてたわけでしょう。

それを知った時には、何をやってるんだワタナベ！と思いましたよ。そうやって平気な顔をしているのが、恰好いいんだと思ってるんです、彼は。万事そんな調子だから、鵜山君に丸め込まれて、あの映画にも出ることになったんでしょうね。

あの映画ね。

あんな映画よく撮りますね。人間としてダメでしょう。

自分の恋人と、元恋人のラブストーリー、しかも台詞はほとんど実話なんですよ。鵜山君は何のつもりで作ったんだろうと思います。出演する役者も役者です。菜穂子はまだ分かるとしても、渡邊君はなぜ出たんだと問いたいぐらいです。辛いだけじゃないですか、出演したって。プライバシーの侵害だって言ってやればいいのに言わないんですね。そんなのは些細なことだって、友情にこたえるのが渡邊君の美学だから。

上映会は盛況でしたけど、あのラストシーンのせいでしょう。

上映会には菜穂子も渡邊君も来なかったし、鵜山君も完全に沈黙しました。

それっきりあの映画の話はできない雰囲気でした。

どういう経緯であの映画が撮られることになって、あの撮影期間中に何が起こったのか、未だに誰も知らない。

# 男優・渡邊真一《しんいち》の物語

喫茶進々堂《しんしんどう》で鵜山からあの映画の話をもちかけられたとき、まず俺は啞然とした。内容が内容だったからだ。

屋上で逢う元恋人同士の男女が、共通の想い出を語り合いながら、次第によりを戻していくというハナシだ。しかし脚本をめくってみれば、その男女が俺と長谷川さんをモデルにしていることはすぐに分かった。鵜山は、俺と彼女の想い出を材料にした映画に、いわば本人役で出演しろと言ってきたのだ。

ものすごいことを頼むやつだと思った。

しかし詳しく話を聞いてみれば、鵜山は本気だと分かった。たしかに奴は嘘つきで嫉妬深くて自虐的で万人に好かれない男だが、自分の作りたいものについてだけは、ひたすら一途だ。あんな脚本を俺に読ませるのは、よほどのことだろう。作品のためには手段を選ばない、その心意気を俺は買った。「自分にとって最高の映画を作りたい」という奴の言葉に嘘はないと踏んだ。

それに、鵜山と一緒に映画を撮るなんてことは、この先まず、ないだろう。そうすると、淋しさみたいなものも湧いてきた。二人だけで映画を作ったこともある仲だ。最後に一つ何かやっておく方が気持ちも晴れ晴れするだろう。だいたい、長谷川さんとのことで奴との間に起こった悶着《もんちゃく》は、もうどうでも良くなっていた。

だから「屋上」に出演することにした。

あんな映画を作ると言ったせいで、鵜山はサークルの連中からいろいろと叩かれていたが、俺と長谷川さんがかまわんと言っているんだから、サークルの連中に四の五の言う資格はなかったはずだ。サークルの連中は信じないかもしれないが、俺は長谷川さんと一緒に演じることに抵抗はなかった。別れたのはもうだいぶ前のことだ。そのあとも普通に鵜山とも長谷川さんとも変わらずに付き合いを続けていたし、そのことはサークルの連中だって知っていた。俺はそんな些細な悶着でひねこびるような男ではない。

俺には、映画の内容がどうであれ、決して動揺しない自信があったのだ。そうなると、これは鵜山の狙いから少し外れることになる。奴がわざわざ俺と長谷川さんを主演に立てたのは、二人が過去へ引っ張り戻されてゆく様子を撮って、映画と現実を重ねようとしていたに違いないからだ。

しかし俺は奴の思い通りにはなるまい。

俺はそう考えて、愉快になった。

進々堂で話を決めたあとに、俺たちは握手したが、あのとき俺がなぜ笑ったか、奴には分からなかったろう。この映画は、俺から過去を引っ張り出そうとする鵜山と、あたかも過去を引っ張り出されたかのように演じようとする俺の勝負だと思った。

撮影は九月の終わりから始まった。

哲学の道沿いにある古い鉄筋アパートの屋上で、ひどく荒れ果てたところだった。コンクリートの割れ目から雑草が伸びて、ちょっとした草原になっている。薄汚れた球形の高架水槽があって、夕暮れになると西陽で黄金色に染まった。鵜山は何に使うのか分からない錆びついた鉄の塊や、転がっていたコンクリートブロックを自分で積み上げて、映画を撮影するための一角を作った。奴はとても楽しそうだった。俺もそれを手伝いながら、一回生の頃のことを思い出した。

ところが撮影はなかなか進まなかった。

理由は簡単で、長谷川さんがしょっちゅう邪魔をしたからだ。

彼女はなかなか鵜山の言うことをきかなかった。監督の撮り方に口を出し、撮り直しにはなかなか応じない。撮影の段になって、脚本に文句をつける。鵜山が決して譲らないことは分かっているし、彼女も最後には渋々応じるのだから、明らかに時間の無駄だ。けれども彼女はそういった鵜山との悶着と大迂回を、まるで儀式でもやるように飽かずに繰り返した。

それでも鵜山は決して怒らなかった。そうやって我慢していれば、いずれ鵜山の意見が通るのだからそれでいいのかもしれない。だが、俺は苦々しく思っていた。

確かに、役者やスタッフのわがままで撮影や編集が停滞するということはある。そんな場には俺も居合わせてきた。しかし彼女のやり方は度が過ぎていたし、そんな大物映画女優ごっこに付き合ってやる鵜山はまるで奴隷のように見えた。あまりに大げさで、冗談めいて見えた。ひょっとすると二人はこうやってジャレあって遊んでいるだけではないか。だとしたら俺はいい面の皮だと思ったりもしたほどだ。

彼女には苛々させられる一方で、鵜山とは楽しくやっていた。映画を撮るということだけに限れば、鵜山はやはり尊敬すべき男だったからだ。

彼はまるで、これから撮る映画がすでに撮られたものであるかのように説明してみせる。いざ撮影の段になって手さぐりはしない。決断に迫られたりもしない。目前に見えている道を、恐ろしく執念深く的確に歩いていく。それはまるで説明書にしたがってブロックを組み立てていくようだ。こう言うと何だか味もそっけもなく聞こえるだろうが、情熱に駆られて、運を天に任せて突っ走るばかりでもしょうがない。鵜山流の地味な作り方にも楽しさがある。

秋だったから、気候はちょうど良くて、屋上にいるのは気分が良かった。

時には雨がぱらついたが、たいていは面白いほどに晴れの日が続いた。屋上の錆びた手すりの向こうには立派な銀杏《いちょう》が聳《そび》えていて、撮影が進むにつれて鮮やかな黄色に変わっていく。休憩時間には、風に揺れる銀杏を眺めながら、みんなで弁当を食べた。たいてい彼女に言われて鵜山が準備したものだ。ピクニックにでも来たような気になった。

俺は彼女の一挙手一投足を見つめ続けた。

彼女と別れた時、たしかに俺は辛かったはずだが、その時はそれが思い出せないことがむしろ情けなく思えた。そんなに綺麗さっぱり、あの苦しみがなくなってしまうというのは腑に落ちない。しかしすべては彼女が変わってしまったせいなのだと俺は思った。俺は映画の中で、あの頃を思い出そうとし始めた。いったい俺はなぜ彼女に惚れたのだろうと、幾度も自問してみた。

ある日、彼女がやはり文句を言って、コンクリートブロックの上に座り込んでしまった。たまりかねて俺が口を出したのが火に油を注いでしまったのだ。やがて彼女は、ギンナンが食べたいから取って来いと鵜山に言った。ただ言ってみたにすぎないのは分かっていた。けれども鵜山は屋上から下りていった。

俺は手すりから身を乗り出して、鵜山が銀杏の下を背を丸めて歩き廻っているのを眺めていた。そうまでして彼女の映画が撮りたいかと俺は鵜山に言いたかった。おまえをそこまでさせるものは何なのだ。たかが自主製作映画なのに。これは、いかにも鵜山が嫌いそうな言い方だ。

気がつくと彼女が立ってきて、俺のかたわらで手すりにもたれた。

「なんで、勝手なことばかり言う。鵜山をこき使って楽しいか」

俺は言った。

彼女はふんと鼻を鳴らした。

「だって、彼は好きでやってるんだもの」

彼女は手すりから危なっかしく身を乗り出して、そばにある枝から黄色の葉を一枚千切《ちぎ》ろうとした。バランスを崩しそうになったので、俺は慌てて彼女の肩を摑んで引き戻した。彼女は手に握った黄色の葉をもみくちゃにした。そうして、「それに、渡邊君には関係ないでしょ」と言った。

そのとき鵜山が銀杏の根本から、俺を見上げていることに気づいた。彼は笑っているのか泣いているのか分からない顔をしていた。それはなんとなく、子どものようだった。鵜山に何か言ってやりたくなり、俺は無性に哀しくなった。

「ねえ、なぜあの時、かんたんに別れちゃったの」

彼女がふいに言った。「もっと引き止めたら良かったのに」

「そんなみっともないことはしない」

俺が言うと、彼女はまたブロックへ座ってしまった。くしゃくしゃになった銀杏の葉を唇にくわえた。自分の髪を撫でながら、疲れた顔をした。

彼女はどういうつもりだったのか。

どういうつもりでもなかったのかもしれない。

しかし、その彼女の言葉は、いつまでも俺の頭にひっかかった。ひょっとすると、彼女は俺ともう一度付き合いたいと思っているのだろうか。いや、これは単なる思い込みだろうか。そもそも俺は今の彼女を何とも思っていないのだ。今俺がしているのは演技なのだ……。

俺はますます考えだした。

映画の中で彼女と見つめ合い、本物の想い出である偽物の台詞を交わしているうちに、ふと目前の彼女の肌の下から、昔の彼女がのぞくような気がする。微《かす》かな気配が漂う。これだと思って記憶を呼び起こそうとすると、撮影が終わり、その途端、彼女はふいに元に戻ってしまう。俺のもどかしさは募っていく一方だ。そのことが、結局あのラストシーンへ俺を連れていった。

虹のせいだ。

あの虹が俺と彼女の想い出の出発点で、だからこそ俺が確実に過去へ引っ張り戻されると、鵜山が睨んでいたのなら、奴はやはり尊敬に値する男だ。

もう十月も終わりになって、雨が降ると肌寒かった。

一歩一歩進んできた映画は、ようやくラストシーンを残すだけになった。あのラストシーンはずいぶん噂になっていたと聞く。もちろん俺も、やりすぎだろうという気がした。脚本を読んだだけでは、俺にも演じ通せるか自信がなかった。

だが毎日通って鵜山の情熱に付き合っているうちに、大丈夫だ、やれるだろうという気分になってきた。サークルの連中はいろいろ言っているけれど、恥ずかしいとか、そんな気持ちは、鵜山と撮影しているうちになくなってしまうのだ。だが、俺が敢えてそのラストシーンを平然とやりこなしてみせようと思った一番大きな理由は、彼女が平然としていたからだ。そんなシーンを演じることは、彼女にとって何でもないことなのだ。だとしたら、俺だけがうじうじとしているわけにはいかない。俺は鵜山の企みに張り合うだけでなく、彼女に張り合う気持ちになっていた。

鵜山は本物の虹の下で、ラストシーンを撮りたいと願っていた。しかし虹が出てくれなかった。それは当然のことだ。いくら雨が降ったところで、狙い通りに虹が出るわけがない。だいたい、それがきちんと映像に残せるかどうかも心許《こころもと》ない。けれども鵜山は粘った。

ここまできたのだから、俺はどこまでも鵜山の執念に付き合ってやろうと思っていたが、彼女がもう我慢できないと言いだした。「虹が出なくても、出たことにしてやってしまえば、それでいいでしょ」

今回は当然、彼女の方に理があると俺も思った。鵜山はなんとか彼女を宥《なだ》めすかして、幾度かは説得できたが、彼女の我慢が限界だということは俺にも分かった。

そしてあの日が来た。

雨が降っている中での会話を撮影して、しばらく天候を見ようということになって休んだ。彼女はタオルで額の水滴を拭っていた。鵜山は祈るようにして空を見上げていた。俺は手すりの前に立って、雨に煙る町を見下ろしながら煙草を吸っていた。

「あと二時間待って駄目だったら、私はもう嫌だから。あとは二人で好きにして」

彼女が宣言した。

しかし結果から言えば、本当に虹が出たのだ。鵜山の執念のたまものだろう。あまりにもうまくいったので、俺も驚いた。鵜山が慌ただしく指示を出して、彼女が立ち上がった。

「虹だ」

俺は言った。

「虹はきらい」彼女が足下を見て言った。

「なぜ」

「怖いから」

「そうかな。みんな虹が出れば喜ぶ」

「なんだか、大きな怪物が空を跨《また》いでいるみたいでしょう」

俺は手を伸ばして、彼女の手を取った。傘の下から伸びた互いの手が、小やみになってきた雨に濡れた。

その時、あの雨に煙る兼六園の情景が鮮やかに蘇った。

たしかに彼女はあの時、虹が嫌いだと言ったのだ。

俺は傘を持って、彼女に声をかけようとしていた。俺は、どうしようもなく高揚したような、その反面惨《みじ》めきわまりない気持ちにもみくちゃにされていた。古い松が植わった高台へ出た。彼女は小雨の中、傘もささずに、夢を見るようにゆっくりと歩いていた。黒い髪に散っている水滴が硝子《ガラス》玉のように見えた。まるで映画のようだった。それを俺は見ていた。彼女は古い松の間をすり抜け、やわらかい小雨のカーテンをくぐり、そのまま時と空間を越え、秋の雨に濡れる屋上へやってきて、俺のかたわらに立つ。

俺がなぜ彼女に惚れたのか、それを説明しようとは思わない。俺には説明する自信はないし、結局のところ惚れた人間の言うことなんか、他人にとっては何の意味もない。それぐらいならば鵜山の撮った映画を観るほうがはるかにましだ。彼女の魅力はそこにある。けれども、彼女はそこにしかいない。俺はやはり、今の彼女のことをなんとも思わないのだ。あのとき、俺を魅了した彼女はどこへ消えたのか。なぜあのときの彼女は、鵜山の映画の中にしかいないのだろう。俺は鵜山が彼女と付き合うようになったことを恨みはしない。鵜山が彼女を映画の中へ連れ去ってしまったことを恨むのだ。

しかし一方で、すべては俺の妄想であったのだとも思う。

初めからそんな彼女は存在しなかったのかもしれない。とりあえず付き合い始めてはみたものの、結局のところ打ち解けることはなく、めいめいで勝手にこしらえた相手の映画を眺めていたようなものだとも思う。だとすれば、彼女は鵜山によって映画の中へ連れ去られたのではなくて、俺がはなから映画の中の彼女を眺めていただけのことだ。

しかし、その時、その屋上で、俺の目の前に立っていたのは、あの時の彼女に間違いなかった。水滴のついた前髪が揺れて、きらきらと光る瞳が俺を見上げてくる。鵜山の作った映画の中で、俺は彼女に出逢った。ようするに俺は鵜山に負けた。

今でもあの一連の情景が思い浮かぶ。

彼女は傘の下から俺を見上げている。

持ち上げた傘のへりから雨滴《うてき》がしたたって、彼女の前髪を濡らしている。

彼女の向こうに見える雨に濡れた町。

小降りになった雨がさわさわと銀杏《いちょう》の葉を鳴らす音。

雲の切れ間からのぞく青い空。

虹。

彼女の顔をぼんやりと輝かせる黄金の陽射し。

そして俺を見つめる彼女の瞳。

俺は呆然として身動きが取れない——。

彼女はふいに背を伸ばして、俺に長々と接吻した。

だが鵜山が「カット」と言った瞬間、映画は終わり、そこにいたはずの彼女の姿は煙のように消え失せた。

そして彼女は、ただ一言「おしまい」と呟いて、俺を映画の中へ残して去ったのだ。

## 女優・長谷川菜穂子の物語

私はもともと映画に出ようなんて思っていませんでした。

昔から目立ちたがり屋ではなかったし、今もそうです。平凡で、何もない人間です。中学や高校のクラスで劇をやるとなったら、いつも率先して大道具小道具という生徒でした。表に立つよりも、裏方が好きです。わりとそういうのには凝る性格ですから。手先も器用ですし。

この映画サークルには、同じ学部の友達に誘われて見学に行ったら、なんとなく入ることになってしまっただけで、とくに映画に出たくて入ったわけではありません。

それなのにいつの間にか主役をやったりするようになって、居続けることになりました。人に流されやすいんですよ。

　映画に出ることには、ずっと慣れませんでした。画面に映る自分を見るのは恥ずかしかった。顔も声も変です。明らかにおかしいです。演技だって才能もないし、特に訓練したこともないんだから下手なのはあたりまえです。上映会はみんなで集まって観なければいけないのが苦痛で、私はいつも隅っこでコソコソしていたんです。よくほかの人は自分が画面の中で演技しているのを平気で見ることができますね。それでも出ていたのは、まあ、流されてしまったからです。

　鵜山君は、とても熱心な人です。

　才能があるんでしょうけど、私はあまり映画に詳しくないので、それがどれぐらいのものなのか分かりません。けれどあれだけ一つのことに熱中できるのは、それだけで素晴らしいことだと思います。私みたいにのらくらしているのとは違います。映画を撮っている時の鵜山君は苦しそうだけど、それと同じぐらい楽しそうです。私は映画を撮っている鵜山君を見ているのが好きなんです。だから彼の映画にずっと出ているんでしょう。

　私が映画に出るようになったのは鵜山君がきっかけです。初めは脇役だったんですけど、だんだん主役になりました。鵜山君が熱心に誘ってくれて、押し切られてしまったんです。あの人が言うには、私はとても映画向きの顔をしているそうです。私はそんな風には思ってませんし、たぶんあの人の目にそう映っているだけなんでしょうけど。それ以来、鵜山君が映画を作るというたびに誘われて、だんだん鵜山君とも親しくなったんです。

鵜山君はあまりに熱心なので、他の人からは嫌われることもあったようです。ちょっと融通のきかないところがあるんです。それに彼の困ったところは、映画のためなら何でもするところです。今回の「屋上」ではつくづくそう思いました。

「屋上」は二人芝居です。別れた男女がときどき屋上で逢い引きしながら、少しずつよりを戻していくというお話なんですが、鵜山君から脚本を読まされた時には、とても驚きました。だって、その男女は明らかに私と渡邊君をモデルにしていたからです。

私は以前、渡邊君と付き合っていたことがあったんです。

鵜山君はとても嫉妬深くて、付き合い始めた後も、渡邊君とのことを根掘り葉掘り聞きました。どんなところへ行ったか、何を食べたか、どんな話をしたか。それで、不思議なことに、あの人は同じことを再現しようとするんです。渡邊君と私が一緒に行ったところへ、もう一度私を連れて行くんです。へたをすると、渡邊君を誘って、三人で出かけていくことさえありました。正直に言えば、私もさすがにそれはいやだったんです。けれども渡邊君は平然とした顔をしていました。そんな関係が続いたのは、渡邊君が大人だったからでしょうし、鵜山君と渡邊君が一回生の頃からの親友だったからでしょう。でもやっぱり、ことさらそんなことをするのは変なことでした。鵜山君はそうやって、渡邊君に勝とうとしていたのかもしれません。あるいは、うわべでは親友のように振る舞っていても、やっぱり渡邊君に用心していて、渡邊君と私のことをいつも見張っていたのかもしれません。

そんなに嫉妬深い人が、なぜあんな映画を撮ろうと思ったんでしょうか。

私は「地獄変」という小説を思い出すんです。あの小説に出てくる絵師は、絵の題材にするために、恐ろしいことを平気でするでしょう。最後には自分の娘が牛車《ぎっしゃ》と一緒に燃えている景色を見て、地獄絵を完成させるんです。鵜山君はちょうどそれと同じことを考えたんではないかと思います。きっとあの人はそうやって、リアリティを出そうとしたんじゃないでしょうか。

もちろん私はいやでした。当然です。ただでさえ映画に出るのは得意ではないのに、映画の内容が内容ですから……。普通の人なら断るでしょう。でも駄目なんです。鵜山君に泣きつかれると、とても断れない。やはりそれは、彼のやりたいことをさせてあげたいと思ったからです。

さすがに渡邊君は怒るかもしれないと私は思いました。でも彼はOKしたと鵜山君は嬉しそうに言っていました。彼は鵜山君よりも大人ですから、鵜山君の熱意に免じて許してくれたのでしょう。

撮影には古い鉄筋アパートの屋上を使いました。だんだん秋が深まっていく頃合いで、ちょうど京都がいちばん過ごしやすい時季です。撮影は気持ちの良いものでした。アパートの隣に大きな銀杏の木があって、梢が屋上まで届いていました。撮影の後に鵜山君と一緒にギンナンを拾い集めて、その夜には飛龍頭《ひりょうず》を作ったのを覚えています。鵜山君はギンナンが好きなんです。

撮影を続けるうちに、銀杏の梢が黄色く色づいていくんですね。それが映画の背景です。男女がよりを戻していくにつれて、黄葉が進むのは象徴的なように私は思いました。鵜山君はそういう風に分析されるのが嫌いなので、こんな感想は言いませんけど。

とても楽しい時間でした。

もう映画を作るのも最後だと鵜山君は言っていたし、渡邊君もまるで一回生の頃みたいに鵜山君と楽しそうにやっていたし。とても懐かしくなりました。みんなで一緒に綺麗な秋晴れの空を眺めながら、お弁当を食べたりしたことを思い出します。

でも、ときどき、気まずい時がありました。鵜山君がカメラの位置を変えたり、何か機械を調整したりしている間、私と渡邊君は二人だけでいろいろ喋ったりするでしょう。そのうち気がつくと、準備を終えた鵜山君が私たちをじっと見てるんです。鵜山君は私と渡邊君のことを疑っていたのかもしれません。それを確かめるために、この映画を作っていたのかもしれません。でも、そんなことを調べるためにわざわざ映画を作ったりするでしょうか。とにかく肝心なことは、私が渡邊君のことを何とも思ってなかったということです。

ラストシーンのことですか。

あれは噂になって困りました。でも無理もないでしょうね。

私は最後まで、あれはやりたくなかったのです。鵜山君に押し切られて撮影が始まったあとも、なんとかラストシーンをごまかせないかと思っていました。きっと鵜山君は脚本通りに撮ろうとするだろうけど、でも虹が出なければ——。

脚本の段階から、あそこは虹が出ることに決まっていました。虹を見て、私と渡邊君がよりを戻すことになるんです。鵜山君はとにかく虹にこだわっていました。それは脚本を読んだ時点から、渡邊君も指摘していたことです。どれだけ粘ったところで、虹が都合良く出るかどうかなんて分かりません。

私は子どもの頃から虹が恐いんです。そもそも私は、大きなものが好きではないんですね。大きな山とか、大きな貯水タンクとか、大きな仏像とか……たぶん虹もその延長で嫌いなのだと思います。綺麗だと思ったことは一度もありません。

私たちはあの屋上で、虹が出るのを待ちました。

秋の冷たい雨が降っていて、屋上からは灰色の町並みが見えました。渡邊君は最初は我慢してたけど、だんだん苛立ってきたようでした。屋上を行ったり来たりして煙草を吸って。鵜山君はいつでも撮影できるように待機していて、私は開け放した屋上出口の内に座って空を見上げていました。本当に秋らしくなってきて、濡れると肌寒かった。

いったん諦めて、日を改めて挑んでみてもだめでした。

映画の完成は遅れるばかりです。学園祭は迫ってきます。

最後の日、業を煮やした渡邊君が鵜山君を呼んで、それで口論になったんです。渡邊君はもう待っていてもしょうがないと言うし、鵜山君は待つの一点張りでした。私も間に入って仲直りさせようとしましたけど、どちらも折れません。「あと二時間待って駄目だったら俺は下りる」と渡邊君は言いました。

渡邊君は一人で屋上の端へ行ってしまい、鵜山君は黙って機材をいじっていて、私は一人で立って空を眺めていました。小降りの雨が延々と降り続いて、雑草が生い茂った灰色の屋上を叩きました。雨の匂いを含んだ、切なくなるほど冷え冷えとした風が吹いて、雲がぐんぐんと空を走っていました。やがてばらばらになった雲の隙間からぼんやりと陽が射し始めたんですけど、そこでふいに焦点が合うようにして、私は虹が出ていることに気がついたんです。私が声を上げたら、鵜山君たちがハッとしたように空を見ました。

そこで鵜山君が慌ただしく指示を出して、撮影が始まりました。

「虹だ」

渡邊君が言いました。

「虹はきらい」私は足下を見て言いました。

「なぜ」

「怖いから」

「そうかな。みんな虹が出れば喜ぶ」

「なんだか、大きな怪物が空を跨いでいるみたいでしょう」

彼は手を伸ばして、私の手を取りました。傘の下から伸びた互いの手が、小やみになってきた雨に濡れた。

その時、あの雨に煙る兼六園の情景が鮮やかに蘇りました。

映画サークルの合宿で金沢へ行った時です。

合宿と言っても撮影とかをするわけではなくて、たんに親睦を深めるための旅行でした。それで兼六園を廻ってる時に、私は他の人たちとはぐれてしまいました。少し雨がぱらついていましたが、私は傘を持っていなかったので、雨の中をぶらぶら歩いていきました。立派な松がたくさん植わってる高台みたいなところに来たら、向こうから渡邊君が歩いてきて、傘をさしてくれようとしたんです。後から聞いたら、彼はずっと私に傘を渡す機会をうかがって、そのあたりをぐるぐる廻っていたそうなんですね。

「でも雨は止みそう」と私は言いました。

「うん」と彼は言いました。

雨がぽつぽつ落ちてくる空を見上げたら、西空の雲が切れていて、そこに綺麗な青い空がのぞいていました。天使の梯子が雲の間からすうっと何本も延びていて。その時、渡邊君が「あ」と声を上げて、指さしたんです。「虹だ」と彼は言いました。そのときのやりとりは映画のラストシーンと同じです。それから私たちは兼六園を見てまわりながら話をしました。渡邊君とゆっくり二人で喋ったのはそれが初めてのことでした。渡邊君はあんまり喋らない人ですけれども、話しにくいとは思わなかった。

彼は付き合うようになった後でも、言葉の少ない人でした。

鵜山君が虹にこだわったのは、あの兼六園のことを再現したかったからかもしれません。けれどもそんなことをしてなんの意味があるんでしょう。彼はそうやって私と渡邊君を試していたんでしょうか。でも私は繰り返し思うんですけど、そんなことをわざわざ映画にまでする理由があるんでしょうか。

虹は出ているし、屋上の隣に立つ銀杏はまるで熟したかのように色づいて、黄金色の陽が雲間から射しています。鵜山君の求めているものはすべて揃っていました。台詞を言い終えたあと、私は一瞬、ためらいました。鵜山君はカメラの向こう側から、私たちを見つめています。私は無言の圧力を感じました。けれど、その圧力が、いったい私をどちらへ動かそうとしているのか、私にはもうよく分かりませんでした。脚本通りにやることを鵜山君が求めているのだと思ったけれど、でも一方で、鵜山君は脚本に従うなと私に求めているようにも思えたんです。

ふいに渡邊君が雨に濡れた手を伸ばして私の顔に触れ、そして接吻しました。

そして映画は終わりました。

虹は消えて、ふたたび雲が空を覆ってきました。

晴れたのはほんの一瞬のことだったんです。

アルバイトがあるという渡邊君が先に帰ってしまった後、鵜山君は一人でコンクリートブロックを動かしていました。淋しい子どものように見えました。やがて彼はなんだか疲れたようにしゃがみ込んでしまいました。雨脚がだんだん強くなってきたので、私は彼の隣に立って傘をさしました。帰ろうと私が言っても彼は何も言いません。屋上から手を伸ばして千切った銀杏の葉を唇にくわえて、私をじっと見るんです。なんだかとても恐い目をしていました。

私にはおなじみの目でした。私がほかの人と喋ることに気をとられたりして、ふと気づくと、いつも鵜山君はその目で私を見ているんです。恐いというのは正確ではないかもしれない。淋しそうな、突き放すような、何とも言えない目です。

鵜山君は独り合点しているのだと私は思いました。彼のために演技をしていたというのに、それを分かってくれていないのだと。

どれだけ鵜山君のために私が頑張ったか、あれはすべて演技だと、いくら私が説明しても、彼はその目のまま、何も言わずに私を見つめています。降りしきる雨で屋上が白く煙ったようになりました。雨音に抗《あらが》うように声を張り上げていたのを覚えています。彼はやがて銀杏の葉を嚙《か》みしめて、ぐしゃぐしゃにしてしまいました。

私は泣きだしました。

頭が真っ白になりました。そして、彼をとても可哀想に思いました。こんなことを繰り返していたら、彼はきっとおかしくなってしまうでしょう。彼に駄目になってほしくない。彼のことが好きだから、これだけ頑張ってきたのに。

でも、もうだめだ、と私は思ったんです。

私たちは長い間、屋上に立ちつくしていました。

## 監督・鵜山徹《とおる》の物語

撮影を始めたのは九月の最後の土曜日からだ。

本当に最小限の映画でね、僕が撮影や録音をやって、出演は二人だけ、舞台は一つ。ああいう箱庭みたいな映画が僕は観るのも撮るのも好きだね。

斎藤から教えてもらった撮影場所も面白かった。あれは三十年ほど前に建てられた鉄筋コンクリートのアパートで、なんとなく学園紛争時代の匂いがする。荒涼とした感じが気に入った。舞台も思い通り、主演の二人も思い通り、天候も思い通りだ。

ちなみに、僕がものすごく映画が好きだとか、情熱を傾けているとか、そう思っている人間もいるらしいんだが、じつはそれは根本的な間違いだ。僕は映画作りにはもう何の興味も持っていない。僕は「彼女」を撮ることにしか興味がない。サークルに入ったばかりの頃はそれなりに「映画」を撮ろうと思っていたんだけれど、この味を覚えてしまうと、映画のことなんかどうでもよくなってしまった。彼女を魅力的に撮ることが、僕に残された唯一の欲望だ。

秋に撮影することに決めて、その夏、僕は図書館に籠もって脚本を書いた。題名は仮に「屋上」としておいた。でもそれが正式なタイトルになった。なんとまあ面白くないタイトルだろうと言う人もあったけど、タイトルすら、僕にはどうでも良かった。映画を撮るのは、もうこれで最後だと書きながら思っていた。だとすれば、僕にとって「最高の映画」を作らなくちゃしょうがない。

だから彼女の相手役を、渡邊に頼んだ。

なぜ主演にあの二人を選んだのか。サークル内では非難囂々《ごうごう》だった。極悪非道、変態、助平、人間失格、サディスト、むしろマゾヒスト、いや出歯亀、いっそ屁こき虫。いろいろ言われた。どれも当たっていると認めてやる。だから何とも思わないね。

「屋上」は、こんな映画だ。

主人公の二人は映画サークルの仲間で、元恋人同士だ。目下、彼女には恋人がいる。その恋人は自主製作映画を撮る男だが、じつは映画を撮ることなんかよりも彼女を撮ることにしか興味がない。これがじつにたちの悪い気色悪い男で、嫉妬深いし、卑屈だし、しかも自分が大好きなんだ。なんでこんな奴と彼女が付き合っているかと言えば、言わぬが花だから言わない。まあその男は一度も登場しないんだから、どうでもいい。

ある日、彼女は大学の屋上で、かつての恋人に出会う。彼女は昔そいつを振って、今の男と付き合うようになったんだ。二人はそれから、幾度もこっそり会う。彼女は今の恋人について相談をもちかけ、男はそれに乗ってやる。やがて彼らは自分たちの想い出について語りだす。男はそうやって彼女を取り戻そうとしているし、彼女も心を動かされている。でも彼女は返事をうやむやにしている。そうやって幾度も会っているうちに、風が吹き、雨が降り、秋が深まっていく。

静かで平凡。

しかし、映画の中で男女が語り合っている想い出は、すべて本当の想い出だ。僕は彼女と渡邊の間にあったいろいろなエピソードや会話の断片を、ありったけ彼女から聞き出して、手帳に書きためてあった。それを読むのが僕の趣味だった。それが脚本の材料になったんだよ。

つまり渡邊が演じるのは渡邊であり、彼女が演じるのは彼女なんだ。映画の中でよりを戻していく男女は、彼ら本人ということになる。

脚本が書き上がった時はせいせいして、撮影を始めるのが待ち遠しかった。きっと自分を魅了するものができるだろうという確信があったからだ。僕が映画を撮るのは人を楽しませたり魅了するためじゃないんだ。僕はただ、自分を魅了するためだけに撮る。

それで、渡邊へ電話をかけた。

今出川通の喫茶進々堂で、郷里から京都へ帰ってきた彼に会ったのは盆明けだった。さすがに少し緊張した。彼女と僕が付き合うようになったあとも渡邊とはふつうに仲良くやっていたけど、今回は頼み事が無茶だから。喫茶店の暗い隅で珈琲を飲みながら、出演してくれと頼んで彼に脚本を見せた。口説き文句も覚えている。「僕たちが映画を作るのはこれで最後になるだろう。だから最高のものを作りたい」と僕は言った。それは本当の気持ちだったけれども、僕にとって一番良い映画が、彼にとってもそうだという保証はまったくない。それが彼には分からない。そして、それが彼のいいところなんだ。

渡邊は脚本をめくって、しばらく考えこんでいた。

そのときは鋭い眼をしていた。さすがに怒ったかと思ったぐらいだ。彼らの過ぎ去りし恋の想い出を脚本にして、そのうえ本人に演じさせようというわけだから、キレられても無理はない。殴るなら殴れと、思ってもみた。でも、できれば殴らないで欲しかった。僕は精神的苦痛は好きだけど、肉体的苦痛は嫌なんだ。

でも僕は計算高いので、九割がた渡邊は引き受けるだろうと睨んでいた。彼は「作品のためなら手段を選ばない」という求道的な感じに弱い。一途な一匹狼というのは、そういうのにコロッとやられるものだ。

渡邊は頷いた。脚本もそれでいいと言った。僕が人に言われて脚本を変える男ではないことを、彼は一番分かっていた。僕らは、一番親しい友だちだったから。

「一つだけ気になることがある」

渡邊は脚本の最後のページを指した。

「ここで虹が出ると書いてある。本当に、この通りに撮るのか？」

「もちろん。虹は出なくてはいけない」

「そうか。それならいい」

渡邊から言われたのはそれだけ。あいつも面白い男だ。

僕らは握手した。彼はちょっと頬を歪めて笑った。僕にはその笑みの意味は分からなかったな。僕も人のことは言えないけれども、彼もときどき腹で何を考えているのか分からんことがある。

誤解のないように言っておくけれど、僕はリアリティを出すために渡邊を使ったわけではないよ。僕はそんな手練手管は大嫌いだ。問題はリアリティではない。僕を興奮させるに足るものができるかどうか。重要なのはそれだけだよ。

その後で彼女にも読ませた。「面白い。これでいこうよ」と彼女は言った。

彼女はね、撮影が始まってしばらくするまで、それが自分と渡邊をモデルにしたものだということに気づかなかったらしい。いいかげんなものだよ。

あの秋、我々は時間を見つけてはあの屋上へ集まった。気むずかしいという噂の大家に見つかるとまずいから、用心していたけれども、結局一度も見つからなかった。部外者は一人も来なかった。

僕らは脚本を前から順に撮っていった。

男女が屋上で思いがけず再会する。秋が深まって色づいていく銀杏を背景に、彼らは逢瀬を繰り返す。映画の中の時間は、撮影の時間と並行して流れていく。彼はまだ彼女に未練がある。やがて彼らはふたたび心を通い合わせるようになる。二人は二人だけの想い出について語りだす。その想い出には僕は含まれていない。僕はつねにカメラのこちら側にいる。

撮影は毎度のことながら苦しくも楽しかった。修羅場になったろうと言う人もいたけど、そんなことは一切なかった。撮影は滞《とどこお》りなく進んだ。彼女は自分を映画に定着させていくのに夢中だった。

でも渡邊はやっぱりいろいろと考えていたようだね。

映画にも映っているけれど、あの鉄筋アパートの隣には大きな銀杏があった。彼女が食べてみたいと言うから、撮影の合間に一人でギンナンを拾いに行った。僕はそれで彼女に飛龍頭を作った。彼女はあんまり食べなかったけれども。

僕がギンナンを拾いに行っている間、渡邊と彼女は屋上にいた。きっと、渡邊はそういう僅《わず》かな時間にいろいろと策を弄していたんだろう。黄色に染まった銀杏の下を歩きながら、僕はくさい木の実を彼女のために拾い集めている。そうして上を見ると、屋上の赤錆のついた鉄柵にもたれながら、彼女と渡邊が喋っているんだ。何を喋っているか分からなかったけれども、仲睦《むつ》まじく見えた。

でも僕はギンナンを拾っていた。

どうしてそんな自虐的なことをするのか？

でも僕はそれでないと「味が分からない」男なんだ。

そういう、みっともない、悔しくて胸がきりきりするような、なんだか自分がないがしろにされているような、そういう感じを味わわないと、何か本当じゃないような気がする。実感というものがないんだ。

彼女の映画を撮るのも、そのためだ。

彼女の映画を他の人たちがみんな観る。その人たちが彼女の魅力を褒める。その様子を僕は離れたところから観ている。誇らしいとは思わない。僕は悔しいとすら思う。なんだか観客みんなが彼女を取り巻いていて、肝心の僕だけがのけものだと感じる。

でも、それが、たまらなくいいんだ。

そういう意味では、ラストシーンこそ、この映画の白眉《はくび》だ。僕はあれを宝物のように思っている。

彼女と彼は屋上にいるけれど、秋の冷たい雨が降っている。二人は傘をさしている。彼らはほとんど会話を交わさずに、雨の降る音に耳を澄ませている。やがて小降りになる。見上げれば、雲間から陽が射している。そのとき北の空に、大きな虹がかかるのだ。彼女は彼に身を寄せて、虹が怖いと言う。彼が彼女の手を握る。

渡邊は本当に虹が出るのかと心配していた。僕も正直なところ、無理かもしれないと思った。雨が降っても虹が出るとはかぎらない。しかし虹は出なければならなかった。それはあの一回生の頃、兼六園の再現だからだ。僕の目の前で、渡邊が彼女と寄り添っていたのを見た最初の日の再現だ。

雨が降っている中を撮影して、しばらく天候を見ようということになって休んだ。彼女はタオルで腕を拭いていた。渡邊は雨に煙る町を見下ろしながら煙草を吸っていた。

やがて雲の切れ目が見え始めて、虹が出た。

僕は興奮して、撮影を再開した。

「虹だ」

渡邊が比叡山の方角を見上げて呟いた。すでに映画は始まっている。

「虹はきらい」彼女が首を縮めるようにして言った。

「なぜ」

「怖いから」

「そうかな。みんな虹が出れば喜ぶ」

「なんだか、大きな怪物が空を跨いでいるみたいでしょう」

渡邊は手を伸ばして、彼女の手を取った。傘の下から伸びた互いの手が、小やみになってきた雨に濡れて輝いていた。

渡邊が手を伸ばして彼女の顔に触れた。

彼女もまた、それにこたえて、渡邊の顔に手を伸ばした。

彼女は傘の下から渡邊を見上げていた。持ち上げた傘のへりから雨滴がしたたって、彼女の前髪を濡らしていた。彼女はじっと渡邊を見つめている。そんなに美しい彼女を見たのは、あの兼六園以来のことだ。僕の身のうちでは嫉妬の炎がごうごう燃えて、彼女はその照り返しを受けている。だからいっそう美しいのだ。

持っていた傘が屋上に転がって、二人は抱き合った。二人の向こうには鮮やかに染まった銀杏の梢がある。梢の向こうに見える空は半分晴れて、虹がかかっている。まだ上がりきらない雨が二人を柔らかく濡らす。それらすべてを、黄金の陽射しが輝かせる。

僕はその陳腐《ちんぷ》で最高な映画を学園祭で上映したよ。

大勢の人がそれを観た。

上映会場の暗がりに僕は立っていた。明るいスクリーンの向こう側を見つめながら、僕が独りでどれほど深く満足していたか、君は分からんかなあ。まあ、べつに分かってもらう必要もないけど。

その時、僕は思ったよ。自分でも底が知れないぐらい、僕は彼女に惚れていると。

# 走れメロス

走れメロス

【はし・れ―めろす】

発表：一九四〇年「新潮」

著者：太宰治（一九〇九―四八）

己を信じてくれる親友セリヌンティウスを救うべく、死を顧みず疾走するメロスの熱き友情を描いた作品。

芽野史郎《めのしろう》は激怒した。必ずかの邪知暴虐《じゃちぼうぎゃく》の長官を凹《へこ》ませねばならぬと決意した。

芽野はいわゆる阿呆学生である。汚い下宿で惰眠をむさぼり、落第を重ねて暮らしてきた。しかし厄介なことに、邪悪に対しては人一倍敏感であった。

その日の午後、眠れる獅子が目を覚ましたかのごとく、芽野は一大決心をした。「たまには講義に出てみるか」と考えたのだ。そうして、一乗寺の下宿から大学へ出かけた。叡山電鉄に沿って歩いていく彼の頬へ、冷たくて淋しい風が吹きつける。すっかり秋も深まった。何の講義を聴くか分からないけれども、えい行き当たりばったりだと思いながら彼が大学構内へ入っていくと、あたりはお祭り騒ぎであった。彼に断りもなく今日から開幕した学園祭のためにいっさいの講義が休講となり、にわかに昂然と高まった向学心のやる方がない。芽野はふくれっ面をして林檎《りんご》飴を舐め、路上に転がっていた達磨《だるま》を蹴飛ばし、自主製作映画の接吻シーンに興奮し、「象の尻」という意味不明の前衛的展示を眺め、意外にも学園祭を満喫した。

しばらくしてから、「芹名《せりな》はどうしているかな」と芽野は思った。

芽野には入学以来、しじゅう顔を合わせていた親友があった。芹名雄一《ゆういち》である。二人はともに「詭弁論部」に所属し、たがいに一目置いていた。詭弁論部とは、「世間から忌み嫌われることを意に介さずにのらりくらりと詭弁を弄し続ける」という茨《いばら》の道をなぜか選び取った物好きたちの流刑地であり、わけても芽野と芹名とは「詭弁論部に芽野と芹名あり」と自分たちで勝手に豪語したほどのひねくれ者で、変人揃いの詭弁論部員たちですら「意味が分からない」と口にするほどに意味の分からない、阿呆の双璧であった。

そんな彼らも、ここ久しくたがいの顔を見ていない。

芽野は下宿に籠もって広大な睡眠世界を駆け廻るに余念なく、一方の芹名はシラバスの辺境から見つけだした妙ちくりんな講義に出席するのに夢中になって「ラテン語は第三外国語」と嘯《うそぶ》くほど大学へ入り浸っていたからである。

模擬店のならんでいるグラウンドを廻って部室の方へ歩いていくと、その扉は閉ざされ、路上に置かれた炬燵《こたつ》にあたっている学生たちが見えた。学園祭の賑わいへ敢えて溶けこまずまた溶けこめず、ただ肩を寄せ合って晩秋の風に震えているのは詭弁論部員たちにほかならない。しかし芹名の姿は見えなかった。

芽野を認めると、部員たちは「おや、なんで今さら」「もう退学したかと思っていた」「なにをしでかしに来たのだ」と口々に言って、彼を炬燵に招き入れた。

芽野は尋ねた。「なぜこんなところで炬燵にあたっているのだ。部室に入らないのか」

芽野が持った杯へ酒を注ぎながら、仲間たちは顔を曇らせた。

「部室が閉鎖されたのだ」

彼らは、詭弁論部が今まさに廃部の危機に瀕《ひん》していると述べ立てた。

先日、「自転車にこやか整理軍」と名乗る屈強な男たちが乗りこんできて、こちらが詭弁を弄するスキも与えずに部室を封鎖した。伝統ある「詭弁論部」の看板は引きはがされ、代わって「生湯葉研究会」の看板が掲げられた。この理不尽な仕打ちに断固抗議すべきだと部員たちが息巻いたのも当然である。しかし根性なしの部長は巨大な権力機構を前に恐れをなして尻ごみし、ストレス性の円形脱毛症にかかったあげく、逢坂《おうさか》の関を越えて大津へ逃げた。

「そんな馬鹿な話があるか。なぜ抵抗しないのだ。こんなところでぬくぬくと炬燵にもぐっている場合ではあるまいぞ」

芽野が怒って言うと、仲間たちは肩をすくめた。

「刃向かえば俺たちの身が危ない。相手は図書館警察の長官なのだ」

「それはいったい何者だ？」

「おまえは知らんのか？　いったい何年、大学に籍を置いているのだ！」

友人たちは八つ当たりに芽野を罵りだす始末であった。

「図書館警察」とは、そもそも附属図書館の図書を借り出したまま返却しない連中に制裁を加えて図書を回収すべく設置された学生組織である。しかし近年、特異な情報網を大学内外に張り巡らせることで全学生の個人情報を一手に握り、あらゆる方面に隠然たる勢力を及ぼし始めた。その頂点に立つ図書館警察長官はいわば陰の最高権力者であり、私設軍隊「自転車にこやか整理軍」を指揮して気に食わぬものを片づけ、酒池肉林も思いのままであるという噂であった。長官に少しでも刃向かえば、初恋の想い出、恥ずかしい趣味、生協食堂における釣り銭のごまかし、「ヨリを戻してくれ」と泣いて元カノに土下座した事実など、ありとあらゆる秘密が全学部の掲示板に貼りだされる。図書館警察長官の行くところ、屈強な男たちがキャアキャア泣いて逃げ惑うという。

「これは恐怖政治なのだ」

部員たちはぷるぷる震えた。

芽野は炬燵を叩いた。「なんというやつだ。他人の私生活に土足で踏み込むとは。そんなことが許されると思っているのか？　腐れ大学生にだって私生活はある」

「長官は決して人を信頼しない男だ。彼はあらゆる学生の秘密を掌握している」

「しかし、なぜ詭弁論部の部室を奪うのだ？　分からない」

「長官の初恋の人が生湯葉に目がなかったそうだ。その理由を探るため、研究会を作るらしい。奪う部室はクジ引きで決めたそうだ」

「呆れたやつだ。生かしておけん」

芽野は怒《いか》り心頭《しんとう》に発した。「俺が直談判してやるぞ」

「おい、頼むからよけいなことをしないでくれ」

部員たちは慌てて言ったが、芽野は聞く耳持たなかった。

芽野は単純な男であった。

彼はひと息に杯を干した後、閉鎖された部室へのそのそ近づいて、「生湯葉研究会」の看板を引きはがしにかかった。それを見た部員たちは、詭弁論部最後の堡塁《ほうるい》と言うべき炬燵を早々に放棄して逃散《ちょうさん》した。

やがて、身体の大きな男たちが「なにをしている」と芽野を取り囲んだ。「ほっとけ」と睨み返す芽野を彼らは一斉に抱え上げ、「ほーいほい」とかけ声をかけながら、学園祭で賑わう構内を運んで行った。

芽野が連れて行かれたのは、文学部の古い校舎の最上階、荒涼とした一室である。入り口には分厚い胸板の二人組が立ちふさがっている。

芽野が埃だらけのソファにぽつねんと座っていると、小太りの男がふうふう言いながら入ってきた。「あっついなあ」と呟いてガタガタ窓を開けようとしたが、不器用なのでうまくいかない。「開かないや」と、いったん息をついたが、懲りずに取りついてまたガタガタやる。芽野が傍観していると、男はようやく窓を開けて、ポケットから取り出したハンカチで顔を拭いながら、恥ずかしそうに芽野をちらちら見た。男は宇宙人のような甲高い声で「僕が図書館警察長官だ」と言った。肌がつやつやしていた。

「看板をはずしてどうするつもりだったんだ、君は。さあ言え！」

「詭弁論部を廃部から救うのだ」

「そいつは無理な相談だね。あそこは生湯葉の研究会にするんだ」

「おまえの好きにはさせまいぞ！」

芽野はいきり立った。「おまえは他人の秘密を握って、学生たちを意のままに牛耳《ぎゅうじ》っていると聞いた。そんな無法なことは、たとえ学長が許しても、この俺が許さない」

「僕は誰も信頼しないのだ」

「人の心を疑うのはもっとも恥ずべき悪徳だ！」

長官はやれやれというように首を振った。

「分かっていないな。僕がいるからこそ、大学の秩序が保たれて、君たちのような腐れ大学生が安閑と暮らしていられるのだ。僕一人がすべての秘密を握っているからこそ、どんな悪者も好き勝手に身動きは取れない。大学は平和だ。君には理解できないかもしれないが、これはこれで辛い仕事なんだよ」

長官は淋しく微笑む。「正義の味方は孤独なものさ」

「おまえみたいに肌のつやつやした奴に、正義の味方が務まるものか！」

「だまれ！」

長官はふいに頰を赤らめて喚《わめ》き、唾を飛ばした。

「信頼だとか、愛だとか、友情だとか、口ではどんな清らかなことでも言える。君なんかに、僕の哀しみは分かるまい。……僕だって大学に入ったばかりの頃は、信じる心を持っていた。愛と友情を腹の底から信じる底抜けの阿呆だった。友だちは少なかったけどね……男たちは僕を軽蔑したし、女たちは僕を路傍《ろぼう》の石ころと見なしたからだ。しかし、それでもよかった。僕には、たった一人の親友と、たった一人の優しい女性がいた。僕は彼らを友と思えばこそ、全力で彼らに尽くした」

長官は「思い出し怒り」に駆られて頬を紅潮させた。「ああ！」と呻いた。

「それなのに、彼らは僕を尻目に、手に手を取って破廉恥な不純異性交遊……しかも知らぬは我ばかりだった。なぜなら、彼らは僕を骨の髄まで利用したかったからだ。あの男め、『あいつは便利なやつだ』と言ったそうだ。それを知ったとき、僕は親友と初恋の人を同時に失ったのだ。かくして僕は決意した。これからは、いっさい人を信じることをやめて、孤独地獄を生き抜いてみせようと！　その哀しい決意があったればこそ、現在の僕があるのだ。世の中の誰一人として信頼せず、それゆえに誰よりも優位に立つ、この図書館警察長官が！」

「なんだか、たくさん間違っているぞ！　人として！」

「君のような単細胞には分かるまい」

二人はしばし睨み合った。

やがて長官は、その色つやのいい頬を伝う汗を拭き拭き微笑んだ。

「しかし……まあ、いきなり部室を失うのも可哀想だな。では、一つ提案しよう。もし詭弁論部員たちを救いたいと君が本当に思っているのなら、僕の提案がのめるはずだ」

「面白い。言ってみろ！」

「グラウンドに設営してあるステージに上りたまえ。そうして、楽団が甘く奏でる『美しく青きドナウ』に合わせてブリーフ一丁で踊り、今宵のフィナーレを飾るのだ」

「『美しく青きドナウ』に、ブリーフ一丁だと！　なんということを！　全裸より破廉恥だ！」

「なんとでも言うがいい」

長官は傲然と微笑んだ。「友のために君は踊れるか？」

芽野は背筋を伸ばして長官を睨みつけ、「もちろん踊ってみせるとも。ただ――」と言いかけて、足下に視線を落として瞬時ためらい、「ただ少し俺に情をかけたいつもりなら、一日だけ猶予をくれないか。じつはこれから郷里へ戻って、姉の結婚式に出なければならないのだ。明日の日暮れまでには必ず戻ってきて、ブリーフ一丁でフィナーレを務めてみせる」

「やっぱりそうきたか」

長官はせせら笑った。

「どうせ、君は約束を守りはしない。詭弁論部の友人たちよりも、自分の名誉が大事なんだろう。そうならそうと正直に言うがいい。僕は裏切られるのはもうごめんだ！」

「違う！」

芽野は必死の形相《ぎょうそう》で言い張った。

「俺は約束を守る。考えてみてくれ。世話になってきた姉さんがようやく幸せになれるんだ。俺には彼女の結婚を祝ってあげる義務がある。そんなに俺を信じられないならば、いいだろう、詭弁論部の友人に芹名という男がいる。大学入学以来の無二の親友だ。あれを人質としてここに置いていく。俺が逃げたら、あいつをブリーフ一丁で踊らせろ」

それを聞いて長官は考えこんだ。

この男はどうやら真剣らしいぞ。この男ならば、きっと約束を守って、「友情」の証を立てるに違いない。こんな風に孤独地獄へ陥ってしまった僕だけれど、この男がちゃんと約束を守ってくれたら、いま一度人を信じることができるようになるかもしれない。決めた。明日の日暮れには、約束通りに帰ってきたこの男を温かく迎えて、いっさいを許してやるんだ。そうすれば僕らは友人になれるだろう。初めて信頼できる友を持てるのだ——。

　そう考えると、その小太りの肉体の奥深くへ冷たく封じられていた魂に、ほのぼのと温かい光が射すようであったという。じつは図書館警察長官は、孤独地獄にはもう飽き飽きしていたらしいのだ。

「いいだろう。その芹名という男を連れてこい」と長官は言った。

　やがて附属図書館においてその皺深き脳の谷間にラテン語を詰めこんでいた無二の親友、芹名が連れて来られた。芽野がいっさいの事情を語ると、芹名は眼鏡を光らせて無言で頷いた。荒涼とした一室で、彼らは堅い握手を交わした。友と友の間はそれで良かった。

「いいな。もし逃げたら、この身代わりの男にブリーフ一丁で踊ってもらうし、詭弁論部は廃部だ。それが嫌なら、友情とやらを証明してみせろ」

　長官は言い渡した。

「望むところだ！」

　芽野はそう言い放ち、校舎から外へ駆けだした。澄んだ冷たい秋の空が広がっている。彼は学園祭で浮かれている構内を駆け抜けて姿を消した。

　部屋には長官と芹名だけが残された。芹名はソファに座って長い足を組み、眼鏡の奥から冷ややかな眼で長官を睨んでいる。森閑とした部屋に、珈琲の沸く音だけが響いた。長官は珈琲をカップに注いで芹名に勧めながら、「まあ、明日までの辛抱だな。彼が戻ってくればあんたは自由の身だ。友情とやらを信じることだね」と言った。

「あいつは戻らんぜ」

「そんなわけあるもんか。約束したんだ。姉さんの結婚式が済めば、帰ってくるさ」

「あいつに姉はいないよ」

芹名は傲然と言い放った。

長官は唖然とした。それから、怒りに顔を歪めた。「では、彼は嘘をついたというのか？　無二の親友を人質にしておきながら、平然と逃げたというのか？　友情は？　愛は？　信頼は？」

「さあ。俺に聞かれても知らんね」

「むきいいい！　なんだよそれ！　話が違うよ！」

長官は怒りに震えすぎたあげく、熱い珈琲を足にこぼして「あっちい！」と叫び、そんな自分の醜態にますます怒りを募らせた。小腹を揺すりながら歩き廻って、ところかまわず唾を飛ばした。

「俺さまをナメやがって！　伝統ある図書館警察長官を継いだ僕の辞書に不可能とい

う言葉はないのだ。なんとしてもやつに約束を守らせて、明日の夕暮れ、ブリーフ一丁で踊らせてくれる。しかもそのブリーフは、破廉恥きわまる桃色だ！」

怒り狂う長官をよそに、芹名は悠然と珈琲をすすった。

「俺の親友が、そう簡単に約束を守ると思うなよ」

彼は言った。

さて、その親友の行方である。

芽野は大学から駆け出してはみたものの、差し迫った用件は何一つない。

出町柳駅から京阪電車に乗って、三条で下りたのは、とくに理由があってのことではない。まだ日暮れ前である。彼は三条大橋を渡って賑わう街中へ入り、マンガ喫茶に駆けこんで、やれやれと息をついた。彼は「北斗の拳」の続きを読もうと思った。読みたいマンガは他にも山とひかえている。「考えてみれば俺は多忙をきわめているぞ！」と彼は誰にともなく呟いて、目前の仕事に取りかかる。一心不乱に読み漁るうち、このまま一生ここにいたい、フライドポテトを食べながらこの万巻《ばんかん》のマンガをことごとく読破したいと思われてきた。そして、そうすることにした。芽野は邪悪に対して人一倍敏感であったが、また飽きるのも人一倍早かったのである。

彼は寝食を忘れて読み耽り、将来への不安を忘れ、かつて虚しく終わった恋のことを忘れ、廃部の危機に瀕する詭弁論部のことを忘れ、明日の日没までに自分が帰らなければブリーフ一丁で踊る無二の親友のことを忘れ、時がたつのを忘れた。

ふと顔を上げると時計の針がひとまわりして、夜が明けていた。

世界が二次元に見えるほどマンガを読み耽った芽野はさすがに疲労をおぼえ、巻を措《お》いて微睡《まどろ》んだが、やがて自分を取り囲む異様な人影に気がついた。その四人組は、前日の午後に長官のもとへ芽野を連行した「自転車にこやか整理軍」の面々であった。図書館警察長官は洛中に張り巡らせた情報網によって芽野の居どころを探りだし、その身柄を拘束するために彼らを送りこんだのである。

「約束を守ってもらうぞ」

彼らの言葉を聞いた刹那、忘れていた約束のことが芽野の脳裏へよみがえった。

「どうやら長官は俺を恫喝して約束を守らせるつもりらしいぞ」と芽野は思った。自分が約束を守るつもりなど毛ほどもないことを棚に上げ、彼は怒りに燃えた。「無二の親友を人質に置いてきたというのに、俺が信用できないとは見下げ果てたやつ。まだ夕方までは間があるではないか！」

芽野は「ふわわ」と人を小馬鹿にしたあくびをしてみせたと思うと、脱兎《だっと》のごとく駆けだした。

マンガ喫茶から飛びだした芽野は河原町通を駆け、迷うことなく河原町ＯＰＡのわきにある路地をくぐりぬけて狭い路地裏へ走りこんだ。そうして京極東宝と八千代館の前をすり抜けて新京極のアーケードへ入った。駆けてゆく彼を、屈強な追跡者たちが重い足音を立てて追っていく。追っ手たちもここで芽野を取り逃せば図書館警察長官の怒りの鉄槌を受けるのは必定《ひつじょう》、命を賭けて芽野を取り押さえようとするのも道理である。四人と一人は追いつ追われつ、ぼんやりと歩く通行人をはねのける勢いで、白昼の新京極を南へ疾走した。

芽野は四条通へ出て、雑居ビル一階の階段口から地下道へ駆け下りた。

ひょろ長い手足を振ってがらんとした地下道を駆けてゆく芽野の姿はまさに現代の韋駄天《いだてん》と言うべし、彼は意外に俊足であった。恋も学問も借金も、逃げ足だけは速かった。怠惰な学生生活を通じてなまりなまってなまりの極北を極めた肉体とはおよそ思えぬほど、芽野はスバラシイ快足を見せつけて大丸の地下飾り窓の前を駆け抜ける。追っ手はみるみる間を開けられる。四人のうち二人は地下道にならぶ太い柱へ激突して泡を吹いて昏倒、残る二人は二倍に増した責任をそのたくましい双肩に担い、ふいごのように息を吐きながら苦悶の表情で追いすがる。

河原町から烏丸へ、地下道を駆け続けた芽野の前に、阪急烏丸駅の改札が見えた。

地下道から南へ階段を下りれば、京都地下鉄烏丸線の四条駅もある。あくまで約束を守らせようと企む長官の魔手が迫っている今日この頃、京都でぐずぐずしているのは愚の骨頂、ほとぼりが冷めるまで京都を離れるに若《し》くはない。地下鉄烏丸線で南へ向かうか、それとも阪急電鉄で大阪梅田へ出るか、と考えたところで、芽野は高校時代の友人が十三《じゅうそう》のマンションに住んでいることを思い出した。

いざ行かん、阪急電鉄で十三へ。

切符を買い阪急電鉄の改札をくぐっているとき、追っ手たちの憤怒のうめき声が背後に迫ってきていたが、芽野は悠々と改札を抜け、階段を下ってホームへ出た。そこへ折よく特急が滑りこんだ。「渡りに船」と芽野は小鼻をふくらまし、赤茶色の電車へ飛び乗った。そして、ようやく安堵の息をつき、座席へ深く身を沈めた。

電車が滑りだした。次の停車駅は桂である。

西院《さいいん》を過ぎて電車が地上へ出ると明るい白々とした光が車内を照らし、芽野は顔をしかめた。夜っぴてマンガを読み続けた眼球は疲労の極みにあって充血している。頭が激しく痛むのは空腹のためでもあろう。何か腹へ入れてから友人宅へ押しかけ、そうして日没まで待っておれば、いっさいは終わる。

「芹名よ。君ならば見事にやり遂げてくれることだろう！」と芽野は思った。

うつらうつらしながら、芽野は芹名との出会いを思い起こした。

詭弁論部に入った当初、芽野と芹名は必ずしも親しくはなかった。彼らがたがいを一目置くべき相手と認めたのは、「パンツ番長戦」における歴史的激闘の末であった。「パンツ番長戦」とは大学の一部クラブにおいて行われている忍耐力を高める修行の一つであり、もっとも長期間同じ下着を穿き続けた者が「パンツ番長」の称号を得るという、単純で過酷な競技である。その称号に伴う名誉はほとんど皆無に等しく、勝っても後ろ指をさされるだけの限りなく無益な戦いだが、その無益さによってのみ魂に火がつく因果な男たちもまた存在する。ほかの部員たちが早々と脱落した後もなお、芽野と芹名は延々と火花を散らし、異臭騒動を起こした結果、ほかの部員たちが公共の福祉に鑑《かんが》みて「引き分け」と決めた。パンツ番長並立という詭弁論部始まって以来の異常事態を迎え、誰一人騒ぐ者とてなかったが、芽野と芹名だけは運命を感じていた。

「この男、できる」と彼らは思った。

なにごとにもちゃらんぽらんで融通無礙《ゆうずうむげ》な芽野に対し、芹名はシャレた眼鏡のよく似合う恐ろしく頭の切れる男であった。芽野は熱しやすく、芹名はつねに冷ややかだった。対照的な二人だったが、パンツ番長戦以来、彼らはともに一筋縄ではいかぬことに血道を上げ、相手が軟弱なつまらぬことをすれば鉄拳制裁を加え、たがいに切磋琢磨して、さらなる高みを目指した。誰にも目指す理由が分からない高みをともに目指しているという事実のみが、彼ら二人を結びつける絆であった。ある女性の件をのぞけば色恋沙汰を排斥し、無意味な試練を愛し、先輩たちには馬鹿にされ、同輩たちには敬遠され、後輩たちには恐れられた。そして彼らは「詭弁論部に芽野と芹名あり」と自分たちだけで豪語した。

阪急電鉄に揺られながら、芽野はそういった芹名との日々を思い起こし、懐かしくなった。

「やはり俺はここで約束を守るわけにはいかない。そんなつまらぬ羽目になっては芹名に申し訳ない。彼の期待に応えなければ！」

芽野はそう思い、改めて断固として逃げ切る決意をかためた。

その時、ふいに芽野の前に二人の男が立った。

驚いて見上げると、彼らは芽野の両腕を摑んで引き立てた。阪急烏丸駅で振り切ったと信じていた追っ手たちは、じつはぎりぎり電車に乗りこんでいたのである。まだ苦しげな息づかいをしながら、彼らは「逃がさんぞ」と低い声で言った。

「南無三」と芽野は思った。

電車はやがて桂駅に停車する。彼らはホームへ下りた。

河原町へ戻る電車は、線路を挟んだ隣のホームから出る。人々の流れにまじって、二つの巨体のあいだで捕らえられた宇宙人のように縮こまった芽野はとぼとぼと階段を上った。男たちの手は万力《まんりき》のように芽野の両腕を締めつけて放さない。彼らはそのまま河原町方面のホームへ下りる階段へ近づいていく。芽野にとって、河原町行きの赤茶色電車は恥ずべき桃色ブリーフへ通じている。

ふいに「便所へ行く必要がある！」と芽野は呻いた。

「馬鹿を言うな。逃げるんだろう」

「だめだ。もう我慢できない。俺は漏らすぞ。小便を断固漏らすぞ！」

二人の男に両腕を摑まれて「小便を断固漏らすぞ！」と叫んでいる破廉恥な輩は、昼日中の駅ではひどく目立つ。周囲から遠巻きに投げかけられる視線は冷ややかで、なにごとかと駅員も駅員室から顔をのぞかせた。屈強な男たちはさすがに気が引けた。やむなく芽野を便所へ行かせたものの、いったん野に放たれた芽野をふたたび捕まえるのは困難を極めた。

改札前で大立ち廻りを演じてから芽野は梅田方面ホームへ駆け下り、追っ手が階段を下りてくるのを見越した上で、ふいに身を翻して駆け上がった。慌てて芽野の身体を摑もうとしたとたん、追っ手たちは体勢を崩して転落した。芽野は梅田方面へ逃れることを諦め、嵐山方面ホームへ向かった。追っ手たちがようよう階段を這いのぼり、芽野の姿を探して嵐山方面ホームへ下りてみた時にはすでにいっさいが手遅れであった。拳を握ってホームに立ち尽くす彼らへ、動き出す車窓から芽野はあかんべえをした。

嵐山行きの電車内は紅葉《もみじ》狩りの観光客で賑わっていた。

ここ数日来の雨が止んで、洗い清められたような秋空は高く澄んでいる。盛りは過ぎたものの、この青空に紅葉は美しく映えるだろうと芽野は思った。まったく意図していなかった紅葉見物へ出かけることになったけれども、さすがの長官も嵐山にまでは手が届くまい、大丈夫逃げ切れる、と考えた芽野は甘かった。

嵐山駅で降りる人の流れについて歩いていくと、桂川の河原へ出た。

川沿いにならぶ茶屋は表へ座席をしつらえ、観光客たちが思い思いに足を休めている。その名も高き渡月橋を紅葉の狩人たちが往来し、観光客を満載したバスが走る。橋の中央に立てば、紅葉した山が大堰《おおい》川の向こうへむっくりと盛り上がって、美しすぎて嘘くさい。芽野は橋の欄干にもたれて紅葉を眺めたあと、土産物屋、美空ひばり館やらオルゴール館、京福電鉄嵐山駅を通り過ぎ、いつしか両側に竹林が涼しく広がる薄暗い小道に迷いこんだ。その奥には野宮神社がある。野宮神社には縁結びの御利益もあるとかで、麗しき乙女を伴う男たちにとってはまことに使い勝手の良い神社であろう！と芽野は思った。

竹林を抜ける小道を辿りながら、芽野はかつてここで終わった恋を思い出していた。その開幕前に閉幕した恋のお相手は、詭弁論部に在籍することわずか二ヶ月でほぼ全員の男を悩殺した女性、須磨《すま》さんであった。

須磨《すま》さんはキッと相手を睨む眼に力のある怜悧《れいり》な顔をした女性で、生湯葉とコーラをこよなく愛するヘビースモーカー、その小さな鞄はつねにコーラの瓶とロングピースでぱんぱんに膨れ、三日に一度は生湯葉を食べた。理由なき立て膝でロングピースを吸いながら酒のようにコーラをあおり、つねに携えている黒革のノートに黒魔術の呪文みたいな「詩」を書き散らすというそのハードボイルドな振る舞いの裏に、悩める人があれば未曾有《みぞう》にうまい「猫炒飯」を作って慰めるという優しさを有していた。その優しさのチラリズムが、経験なき男たちのハートをわしづかみにしたのは言うまでもなく、あわよくばと考えた男たちが門前に市を成し、生湯葉を貢いだ。

その男たちの中には、芽野もいた。芽野の背後には芹名もいた。彼らは相手が自分と同じ企みをもってそわそわしていることを知らなかった。なにしろ色恋沙汰は暗黙個別のうちに牽制しあっていたからだ。芽野も芹名も各自水面下で活動を繰り広げ、大した成果を上げられぬうちに秋も深まり、紅葉狩りへ須磨さんを誘う計画もそれぞれ別個に頓挫《とんざ》した。

むしゃくしゃした芽野は嵐山にて紅葉を狩る若い男女を狩る計画を提唱し、同じくむしゃくしゃしている芹名と出かけた。「野宮神社にて我らの腐れ縁を堅く結び直すのもまた一興」と荒涼たることを呟いて竹林の中の小道を歩いていくと、向こうから男と手をつないだ須磨さんが歩いて来るのが見えた。気づかないふりをしてすれ違ったが、同伴者を見上げる須磨さんの少女のように可憐な笑顔を見たとたんに胸に走った痛みは二人ともまったく同じ、たがいに顔をそむけて竹林へ目をやった苦渋の表情もまた同じであった。

双方無言のまま野宮神社へ参って頭を下げ、憤怒のあまり境内の紅葉を引きちぎって口へ詰めこみ、やがてどちらからともなく思い詰めた表情で駆けだした。桂川の土手へ出て、やむにやまれず咆哮《ほうこう》した。芹名は眼鏡を外して胸ポケットにしまい、芽野は腕まくりをした。そして、彼らは腑抜けた相手へ活を入れるべく、通りすがりの観光客に羽交い締めにされるまで、手加減しながら殴り合ったのである。それ以来、彼らは色恋沙汰とは無縁で暮らした。

その後、須磨さんはそもそもナゼ所属していたのか分からない詭弁論部をやめた。彼女の恋のお相手はどこぞの軽音サークルの「その界隈ではそれなりにすごい人」と言われる人物であったという。

今、ヘンテコな経緯で失恋の地・嵐山へやってきた芽野は、あの頃の苦渋の思いを噛《か》みしめながら、野宮神社に参った。紅葉の嵐山にて二人同時に失恋するという醜態をさらしたことは芽野一世一代の不覚であった。いずれにせよ終わったことだが、芽野は芹名に申し訳なかった。

「おお、芹名よ！　その節はすまん！」と芽野は呻いた。「しかしおまえも悪い！」

肉体的疲労と心理的疲労がにわかに芽野に覆いかぶさってきて、彼は野宮神社前の道わきに人目も気にせずうずくまった。なにしろ朝方までマンガを読み耽り、ろくろく寝てもおらず、さらには河原町通から烏丸通まで一息に駆け抜けている。空腹と眠気で目眩《めまい》がした。紅葉を眺めてJR嵯峨嵐山から北へ逃げるつもりだったが、立ち上がれない。早々に自宅へ舞い戻り、薄汚い万年床で惰眠をむさぼりたいというのが芽野の本音であった。逃げ切る気力が失せかけた。

うつらうつらしている芽野に、神社前で人力車を止めている、背に「嵐」と染めた車夫姿の若者が「大丈夫か？　気分悪いのか？」と声をかけた。芽野が頷くと、「そこの駅まで乗せていってやろうか」と思いもかけず親切なことを言う。町中でこんなに親切なことを言われたことは未だかつてない。芽野は涙が出かけたものの、「これもまた渡りに船」と嬉しくなり、ともかくJR嵯峨嵐山まで行って欲しいと頼んだ。人力車に乗りこんで己の運命を屈強な若者に預けたとたん、彼は安心して眠ってしまった。

なんだかやけに眠ったような気がしてハッと身を起こすと、人力車はまだ走っている。賑やかな車道を走っているなとぼんやり思い、ここは北野天満宮の前だと気づいた。どう考えてもおかしかった。眠っているあいだに嵐山から大学の方角へ運ばれているらしい。「これは罠だ!」と芽野は気づいた。「降ろせ!」と喚いた。しかし人力車は彼の意向を無視して、今出川通を東へ走る。平坦な町中とはいえずいぶんな距離を走っているので、車を引く若者は苦しげに息を吐く。「あんたを連れてこいと長官に言われた。約束を守れなかったら、俺が困るんだ。危ないからおとなしく座っていろ」

「いやだ!」

座席から身を乗り出してぎゃあぎゃあ喚く芽野に気をとられた若者は、御前通から飛び出してくる自転車に気づかなかった。当然、激突した。自転車に乗っていた学生は飛び上がって若者に抱きつき、芽野は人力車から転がり落ちた。

人力車の若者は芽野を捕まえようとしたが、すでによく知られている通り、いったん野に放たれた芽野はやすやすとは捕まらない。彼は追っ手を振り払い、やってきたバスに飛び乗った。銀閣寺行きであった。このまま、まっすぐ今出川通を東へ行けば、南北に走る烏丸通と交差する。地下鉄烏丸線が走っている。それに乗って京都駅へ向かえばJRに乗り換えるなり近鉄電車に乗り換えるなり、長官の罠が充満する京都から逃げ出す方法はいくらもある。そう芽野は考えたのである。

芽野は烏丸今出川でバスを降り、地下へ入ろうとした。

その時、彼の腕を通りすがりの女性が必死で摑み、「ちょっとすいません！」と叫んだ。思わず見返した相手は驚くほどに可憐な乙女であり、目に涙を溜めている。芽野は決して女性に腕を摑《つか》まれたぐらいでのぼせ上がるような人間ではないけれども、理由を聞く前から彼女の涙にもらい泣きしていた。

彼女が言うには、目下、自分はサークルの「鴨川レース」なる借り物競走に参戦中で、条件に見合う物を持って鴨川デルタへ戻らねばならない。その条件に芽野はぴったり当てはまるのだという。何も持って帰ることができない者には、サークルの過酷な掟に従って厳しい制裁が下され、ほぼ半年は奴隷的境遇に甘んじなければならないという、聞けば哀れなお話であった。自分が鴨川デルタまで足を延ばすだけで可憐な乙女が助かるならばおやすい御用だと、現在の自分の境遇を忘れて芽野は思った。

芽野は気まぐれに正義漢である。

「細かい事情はもういい！　承知した！」

芽野は彼女の手を自らとり、御苑の北を駆け抜けた。

賀茂大橋を渡るとき、傾いてきた黄金色の陽射しの中、北東から流れてきた高野川と北西から流れてきた賀茂川の合流地点、すなわち「鴨川デルタ」と呼ばれる三角地帯で大学生たちがわいわいと騒いでいるのが見えた。先日降った雨で水嵩《みずかさ》は増し、デルタはひとまわり小さくなっていた。賀茂大橋を走ってくる女性と芽野の姿を見ると、いっせいに歓声が上がった。

鴨川デルタへ到着して見知らぬサークルの連中に酒を勧められながら、芽野はどういう条件の人間を探していたのかと訊ねた。「詭弁論部に所属する人で今日の日没までに大学へ戻り、桃色のブリーフ一丁で踊ってフィナーレを飾る人です」と乙女が言った。

そんなわけの分からぬ条件の人間がこの世にいるのかと芽野は思ったが、考えてみればほとんどそれは己のことだ。鴨川レースの借り物競走にしては、あまりに対象が限定されすぎてはいないか。ふと気づけば周囲の自分を見つめる眼が尋常ではない。さきほど瞳を潤ませて芽野に助けを求めた可憐な乙女さえも、なにやら舌なめずりをするようにして、芽野を川縁《かわべり》に追いつめんとしている。

「五十万の懸賞首よ！」

欲に目のくらんだ乙女は言った。「鴨川レースなんてどうでもいいわ！」

すべては図書館警察長官の陰謀であった。四条河原町にて芽野を取り逃し、阪急桂駅にてまたも逃げられ、嵐山では配下の人力車バイト学生を使って芽野の身柄を確保しようとしたにもかかわらず失敗した長官は、いよいよ夕暮れも近いと業を煮やし、芽野に五十万円の懸賞金をかけたのである。その知らせは瞬く間に広がった。学費を滞納している学生、運営費が必要なサークル員たち、とりあえず美味いもんが食いたいだけの暇人、あらゆる人間が芽野の身柄とひきかえに五十万円を手に入れようと企み、洛中は四方八方敵だらけになっていた。

「おのれ長官、そこまでするか！」

芽野は呻いたが、彼の身柄と引き替えに懸賞金を手に入れようとする敵の包囲網は着々とせばまってくる。そのとき、「芽野くん！」と声がした。彼は背後に眼をやった。対岸に懐かしき須磨さんが立って、大きく手を振っている。

「泳いで！」と彼女は叫んだ。

しかし見よ、目前の賀茂川を。先日の雨で水嵩が増え、濁流滔々《とうとう》とデルタに注ぎ、どうどうと響きを上げる激流が、あたりを浸している。芽野は天を仰ぎ、滅多に気にかけたことのない神に哀願した。「ああ神様！　太陽が沈んでしまわぬうちに、大学へ連れ戻されたら、私はつまらん『友情』とやらを証明するために、ブリーフ一枚で踊るのです！」と彼は叫んだ。だが周囲を取り囲むのは欲に眼のくらんだ敵ばかりである。須磨さんの言う通り、渡り切るよりほかにない。ああ、神々も笑覧あれ！　濁流にも負けぬ意志の力で、必ずやこの難局から逃げ出してみせる！　そうして芽野は、十一月の身を切るほど冷たい濁流へ飛びこんだ。

ずぶ濡れになって川を渡り切ると、追っ手たちは橋を渡って来ようとしている。

「こっち！」と須磨さんが叫んで芽野の先に立って駆けた。

芽野は寒さに震えながら彼女の後について土手を駆け上がる。出町弁財天を通り過ぎる。「あ、あいつ！」と道行く学生がこちらを指さしているのが見えた。河原町通に止まっていたバイクがふいにエンジンを吹かして、芽野へ向かってきた。須磨さんと芽野は出町商店街へ飛びこんだ。バイクはそのまま入ってくる。あやうく背後から激突されるという時、須磨さんは芽野を引っ張って横に延びた狭い路地へ飛びこんだ。

そうしてこぢんまりとしたマンションへ芽野を連れこみ、ドアを閉めて溜息をついた。そこは彼女の部屋であった。

「ほとぼりが冷めるまで、ここにいて」

須磨さんは長い髪を払いながら言った。

彼女はカーテンを閉めて黄金色の夕陽を遮ってから、芽野をひたと見つめた。「外は危険よ」

「図書館警察長官とあなたのことは、もう大学中で評判になってる。楽団がステージで準備しているし、賭けまでやってるようだけど、日没までにあなたが来ると言う人が断然多いらしいわ。皆が待っているのよ、あなたが友情の証を立てるのを」

「須磨さんも俺が約束を守ると思うか？」

芽野が訊ねると、須磨さんは笑った。

「他の人が何と言おうと、あなたは信念を貫けばいい。誰の言うことにも耳を貸さないで、あなたの道を行けばいい。本当にあなたのことが分かるのは、私と芹名君だけよ」

芽野は彼女の優しさにあやうく落涙するところであった。

「図書館警察長官は厄介な人ね。昔から変わり者だったけれど」

「知っているのか？」

「同じクラスだったもの。電話して、ことを丸く収めてくれるように頼んでみたけれど、駄目だった。彼は私を恨んでるから無理もないけど」

　須磨さんは芽野にピンクのバスタオルを渡し、濡れた服を脱ぐように言った。シャツだけ脱いだが、須磨さんはズボンも脱げという。芽野は脱いだ。彼女はそれらを洗濯機に放りこんだ。バスタオルにくるまって芽野が腹を鳴らしていると、彼女は得意の猫炒飯を作った。それがなぜ「猫炒飯」というのか、その旨さの秘訣は何なのか、彼女は決して教えなかった。かつて芽野は自分だけが彼女の手料理を食ったことがあるのだと信じていたが、じつは芹名も含めてみんな食べていた。

　猫炒飯に胡椒を振りながら、芽野はかつての右往左往を思い起こした。猫炒飯はあいかわらず美味かったが、その旨みの底には切ない苦みがある。芹名もこいつを食いたいだろうと芽野は思った。芹名は失恋の後、叶わぬ恋の悶々《もんもん》を「猫炒飯の作り方研究」にひとしきりぶつけていたことがある。それに付き合って二人で食べた美味くも不味《まず》くもなんともない炒飯の味を芽野は思い出した。「つまらん味だぞ！」と芹名を罵倒したことを思い出した。

　炒飯を食べながら、芽野は須磨さんと近況について報告し合った。彼女は軽音サークルで歌ったり作詞をしたりしているという。嵐山にて芽野と芹名に同時失恋の苦汁を舐めさせた恋人とはまだ付き合っていると彼女は言った。

「彼もいろいろと苦労してる」

「なにかあったのかい？」

彼女は「まあね」とはぐらかし、芽野の下半身を見つめた。「下着も脱いでくれればいいのに。代わりのものならここにあるから——」と言い、立ち上がって衣装ケースを漁《あさ》った。

その時、マンションの表に車の止まる音がした。螺旋階段を複数の人間が駆け上がるやかましい音がする。「うるせえな」と思った芽野の目前に、彼女が桃色ブリーフを差し出した瞬間、芽野はいっさいの合点がいって、「ああ」と天井を見上げて嘆息した。

外の足音が近づいてくる。男たちが喚く声がする。

「もう逃げられないわ」

「一生の不覚をまた、やった。まったく自分が嫌になる！」

彼が須磨さんを睨むと、彼女も彼を睨み返した。

「長官に言われたの。あなたを匿《かくま》ったら彼氏の盗作をバラすって。ごめんなさいね」

彼女がフッと笑ったとたん、ドアが開いた。

ドッとなだれこんできたのは、詭弁論部の友人たちであった。彼らは「須磨さん、お久しぶり！」と嬉しげに挨拶した後、いっせいに芽野へ飛びかかった。昨日の友は今日の敵と言うべし、芽野は瞬く間に畳まれて須磨さんのマンションから運び出され、路上の車へ詰めこまれた。

「おまえが約束を守らなければ詭弁論部は廃部だ。しかもおまえを連れて来なければ、俺たち全員の初恋の顚末《てんまつ》を暴露すると言われた。踏んだり蹴ったりだ。冗談じゃないぞ！」

「ちゃんと約束を守ってくれ！　自分の言ったことに責任を持て！」

「打ち合わせ通りの丸裸だ。このままグラウンドへ乗りつけろ」

彼らは叫んで車を発進させた。

芽野が暴れ続けたために車中は手足入り乱れる乱戦状態となった。車窓に顔面をぶつけて鼻血を噴出する者、首を絞められて茄子のように膨れる者、眼鏡を割られて泣き崩れる者。鮮やかに射す夕陽の中を、車は阿鼻叫喚《あびきょうかん》の騒ぎを乗せて容赦なく進む。賀茂大橋を渡り、今出川通を進み、大学はぐんぐんと迫ってくる。

三人がかりで座席に押さえつけられた芽野は男泣きに泣いた。

もうだめだ、と諦めかけた。

俺は睡眠不足に耐え空腹に耐え、精一杯逃げ続けてきた。俺だからこそ、これだけ頑張れたのだ。しかしその努力も水泡に帰す。今はこのざまだ。日没前に長官の前へ突き出され、あっぱれ立派に約束を守ったと誰もが納得するだろう。これが「友情」だと賛美するに違いない。それを考えるとゾッとする。芹名は笑うだろう。おまえはそれで友情の手本を示したつもりかと俺を蔑むだろう。俺たちの関係はそんなにも底の浅いショーモナイものだったのかと嘆くだろう。一筋縄でいく友情なぞ、「詭弁論部に芽野と芹名あり」と自ら宣《のたも》うた我々には無用の長物だ。芹名よ、君は俺が約束を守らぬであろうと、きっと一筋縄ではいかぬ男だろうと信じた。だからこそ君ほどの男が勇んで身代わりとなったのだ。君はいつでも俺を信じた。俺も君の期待に応えた。俺たちは本当に佳《よ》い友と友であったのだ。ああ、しかし、いかにして血路を開くべきか。俺は芹名の期待に応えられない。芹名よ、許してくれ。ええい、こうなれば堂々と約束を守ってしまおうか。そうすれば俺は友情の証を立てたということになり、賞賛されるに違いない。乙女たちにもキャアキャア言われ、恋文も殺到するだろう。あわよくば長官も感心してブリーフ一丁で踊らなくてもよいと言うかもしれない。関係者たちもみんな助かる。恋人たる盗作野郎が苦境から救われて須磨さんも喜ぶ。詭弁論部も廃部を免れる。俺が芹名の期待を裏切って月並みな友情を示してみせれば、いっさいが面倒なく片づくのだ。ああ、いっそのこと、その方が――。

呻く芽野に向かって、詭弁論部員の一人が言った。「おまえは友情というものを何だと思っているのだ。これまで一緒に世間から石を投げられつつ、詭弁をもてあそんできた我らに迷惑をかけて、それでおまえは平気なのか！」

「そんなものが友情か！」芽野はふいに怒号《どごう》した。「自分が可愛いだけじゃねえか。本当の友人ならば俺の生きざまを黙って御覧《ごろう》じろ！」

「詭弁もたいがいにしろ！」

「てめえはそれでも詭弁論部か！」

喧《やかま》しい叫び声が充満した車は、ついに百万遍交差点にさしかかる。

芽野は歯を食いしばった。あと少しの辛抱で陽は沈む。ここでもうひと踏ん張りすれば、日没まで時間を稼ぐことはできるかもしれぬ。こんな連中の期待に応えてたまるものか。彼はいったん緩めていた力をふたたび盛り返し、押さえつけていた友人たちをはねのけた。

「往生際の悪いやつ！」「そんなにブリーフで踊るのが嫌か！」「ま、嫌に決まってるわな」と友人たちは口々に言って芽野にのしかかろうとしたが、わずかにできたスキを突いて芽野は己《おの》がブリーフの中へ手を突っこんだ。「今さら何の猥褻ぶり」と、たじろぐ友人たちの目前に彼が高々と掲げたのは、須磨さんの部屋にあった胡椒の瓶だった。詭弁論部員たちに踏みこまれた時、とっさの機転で股間に滑りこませておいたのである。

「あ！　だから股間がいやにもっこりとしていたのだな！」

部員の一人が叫んだとたん、芽野はその瓶の蓋を取って中身を車中にぶちまけた。運転手がむせ返って車を急停車、芽野はドアを開けて路上へ転がり出る。そこは百万遍交差点の北西角であった。

「走れ、芽野！」

彼は自分を叱咤した。

駆けだした芽野はほぼ全裸体、ブリーフ一丁、首にはマフラーのごとくピンクのバスタオルをなびかせている。夕闇の底に輝くパチンコ屋の明かりに照らされるその勇姿は、まがうかたなき変態だ。しかし風体などはもはや芽野にとって問題ではなかった。車から降りた詭弁論部員たちが咳きこみながら追ってくる。道行く人が悲鳴を上げる。たまたま通りかかったパトロールカーが夕闇にランプを煌《きら》めかし、「下鴨警察だ！　そこの君！　止まりなさい！」と叫ぶのを聞きながら、芽野は「大学自治！　大学自治！」とわけの分からぬことを叫びながら百万遍交差点を駆け抜け、工学部構内へ逃げこんだ。

大学構内では澄んだ紺色の秋空を突いて聳えたつ時計台が、夕陽をうけてきらきらと光っている。まだ陽は沈まぬ。立て看板に泥絵の具を塗り足しているところへ、慌てていた芽野はぶつかった。脚立《きゃたつ》の上に置かれていた絵の具がぶちまけられ、芽野の純白のブリーフを桃色に染め上げた。背後からはすでに鬼の形相となった詭弁論部員たちが追いすがり、前方には芽野の居場所を知った「自転車にこやか整理軍」の連中が復讐戦とばかりに立ちふさがる。芽野はくるりと方向転換して、経済学部の方向へ駆けた。韋駄天のごとき芽野へようよう追いすがりながら、詭弁論部員の一人が思わず叫んだ。

「おまえもう、すでにブリーフ一枚じゃん！　準備万端じゃん！　踊ればいいじゃん！」

ほかの連中も同意した。

「あんたはいったい何のために逃げているんだ⁉」

「ああ、だめだ。もうだめだ。どうしたって間に合わない！」

「芽野！　おまえを恨むぞ。このひねくれ者！」

罵声を背に浴びながら、芽野は大学構内を駆けた。

今までグラウンドの特設舞台で芽野が来るのを待っていた後輩が走ってきた。彼は息も絶え絶えの追跡者たちを追い抜いて、芽野のすぐ背後まで追いついた。工学部の建物の谷間を駆け抜ける芽野に追いすがりながら、後輩は叫んだ。

「ああ、芽野さん！　こんなところで何をしているんです！」

「俺の逃げっぷりを御覧じろ！」

「どうせ、もう間に合いません。陽は沈みます。時間切れです。やはりあなたはそういう人だったんだ。まったく、ひどい。芹名さんは分かっていた。あの人はあなたをあてにしなかった。ステージの前へ引き出されても平気でいました。図書館警察長官がさんざんあの人をからかっても、芽野は来ねえよとだけ——」

「それだから走っているのだ。芹名はいっさい承知の上だ。彼には俺というものが分かっている。これは信頼しないという形をとった信頼、友情に見えない友情だ」

「そんなのは詭弁だ、そんな友情があるものか」

「あるのだ。そういう友情もあるのだ。型にはめられた友情ばかりではないのだ。声高に美しき友情を賞賛して甘ったるく助け合い、相擁《よう》しているばかりが友情ではない。そんな恥ずかしい友情は願い下げだ！　俺たちの友情はそんなものではない。俺たちの築き上げてきた繊細微妙な関係を、ありふれた型にはめられてたまるものか。クッキー焼くのとはわけがちがうのだ！」

時計台へ駆けこんだ芽野は階段を上ろうとした。背後から追いすがる後輩が飛びかかり、二人もろとも転落した。廊下にねじ伏せられた彼の上へ、追跡者たちが続々とのしかかる。なおも激しく抵抗しながら、芽野は叫び続けた。

「約束を守るも守らないも問題ではないのだ、信頼するもしないも問題ではないのだ。迷惑をかけてもいいだろう。裏切ってもかまわん。助け合いたければそれもいい。何であってもいいのだ。そんなことはどうでもいいのだ。ただ同じものを目指していればそれでいい。なぜならば、だからこそ、我々は唯一無二の友なのだ！」

ふいに芽野を取り押さえる手が緩み、あたりが静かになった。

芽野が息をついて周囲を見ると、追っ手たちは皆くずおれて泣いていた。もはや今から特設ステージへ向かっても間に合わないことは誰にも分かっていたからだ。図書館警察長官はその小太りの頬を膨らまし、芽野を連れ帰れなかった関係者各位へ、怒りの鉄槌を下すだろう。

「おしまいだ！　もう俺たちはおしまいだ！」

追っ手たちは涙を流して絶叫した。

大学構内では昨日から引き続き、学園祭が続いている。

ならんでいる模擬店はもはや閑散としていて、さしてやることもなく歩いていた学生たちは、ブリーフ一丁にピンクのバスタオルをなびかせて構内を走り廻っていた異様な男を見て、これは暗黒舞踏か何かの催し物かと思ったという。たしかに、催し物の一環には違いなかった。なぜならグラウンドの特設ステージではすでに楽団が「美しく青きドナウ」を演奏する準備を整えて、主役の登場を待っていたからだ。

舞台袖にある楽屋では、試合開始のゴングを待つボクシング選手のように青いガウンを肩にかけた芹名がベンチに座り、静かに呼吸を整えて、来るべき日没を待っていた。逃げられぬように「自転車にこやか整理軍」の精鋭たちが彼を取り囲んでいたが、その必要はないほどに芹名は落ち着いていた。

図書館警察長官はついに芽野を取り逃した悔しさに、つやつやした頬を震わせていた。しかし、とばっちりで桃色ブリーフ一丁で踊ることになっても平然としている芹名雄一という謎の男に興味を抱いてもいた。ガウンを着て出番を待っている芹名のかたわらに立ち、長官は問いかけた。

「なぜおまえたちはそんなに相手をあてにしないのだ？　おまえたちを見ていると、相手を信頼しているとは到底思えない。約束も守らず、助け合う気もない。だとしたら、いったいどこに友情があるんだ？」

「こういう形の友情もあるということだ」

「そんな友情に意味があるのか？」

「それは知ったことではない。しかし、あんたの期待するようなつまらない友情を演じるのは願い下げだ」

「そのためにブリーフ一枚で踊ることになっても？」

「そうとも」

「おまえたちを見ていると何が何やら分からなくなるよ」

長官は立ち尽くしたまま、「僕にも、かつて友がいた」と独り言のように呟いた。

「学部のクラスが同じでね。入学以来の友だった。僕は彼らのために尽くした。なにしろ僕のたった二人の友だ。ライブの練習があると言われれば彼のために代返して講義ノートを取ってやり、ギターを修理するとなれば金を貸してやり、腹を空かしていれば飯を食わせてやった。彼女には、よりいっそう尽くしたよ。どんなわがままでも聞いた。彼女の書く奇想天外な詩を褒め称え、彼女のために生湯葉を貢ぎ、コーラを貢ぎ、煙草を貢いだ。彼女がこれまでの生涯で灰にしたロングピース、三分の一は僕が買った。なぜなら僕は友情を失うのが怖かったんだ。彼らに頼られるのが嬉しかったのだ」

芹名は眼鏡の奥の知的な目を細めて長官を見ていた。その目に、微かに哀れみが漂った。

「でも彼らは、二人して僕を都合良く利用していたにすぎなかった。彼らは僕の友情を裏切ったのだ。けっきょく、僕は膨大な貢ぎものの返礼に何を得たというのか？親友と初恋の人を同時に失う哀しみと、彼女の作る美味い炒飯の想い出だけだ」

「俺は美味い炒飯が好きだぜ」

芹名が静かに言うと、長官は首を振った。

「でも、炒飯の想い出だけでは引き合わないよ。まったく友だち甲斐がない——」

「喝！」

ふいに芹名が叫んだので、長官はびっくりし、小腹を揺らして後ずさった。

「そんなものがおまえの友情か！」と芹名は怒った。

「大声出すなよう、びっくりするじゃないか」

「可哀想なやつめ！」

そう言って芹名は、紺色の空を仰いだ。「可哀想なやつ！」

長官は黙りこんだ。

やがて芹名は静かに息を吐いて眼鏡を置き、肩にかけた青いガウンをサッと宙へ投げた。立ち上がった彼の下半身はブリーフ一枚のみである。そしてそのブリーフは破廉恥きわまる桃色であった。

「諸君。日没だ」

芹名は言った。

かくしてステージへ上った芹名雄一が、乙女を多数含む大群衆からのブーイングを浴びながら、「美しく青きドナウ」に合わせて恐ろしいほど冷徹な顔をして踊り狂っていたところ、会場へ滑りこんだ人影があった。そのあまりに異様な風体に会場へ集まった学生たちはぎょっとしたものの、よくよく考えてみると目前のステージ上で踊り狂っている男と同じ格好であった。そばにいる女性たちがきゃっと悲鳴を上げて飛び退《の》くと、その猥褻物はしずしずとステージへ向かって進んだ。自然と会場の群衆が二つに分かれ、その光景はあたかも二つに割れた海を行く桃色ブリーフを穿いたモーゼのようであったというもっぱらの噂だ。それが約束を違《たが》えて今さらノコノコやってきた芽野であることを知った人間たちの中には、「なんだよ今さら！」「友だち甲斐のないやつ！」などと罵倒を浴びせる者もあった。

やがて芽野はステージへ上り、芹名と向かい合った。

「芹名。俺を殴れ」

芽野はいきなり言った。「ちょっと手加減して殴ってくれ。俺は途中で一度、約束を守った方がコトが丸く収まっていいな、なんぞと軟弱なことを考えた。君が俺を殴ってくれなければ、俺は君と一緒に踊る資格さえないのだ」

芹名は芽野をちょっと手加減して殴った。それから言った。

「芽野。俺を殴れ。同じぐらい手加減して殴ってくれ。俺はおまえが来ないとは分かっていたが、どうも桃色ブリーフで踊るのは嫌だなあ、なんぞと軟弱なことを考えた。まだ魂の鍛錬が足りない証拠だ。君が俺を殴ってくれなければ、俺は君と一緒に踊ることはできない」

芽野は芹名をちょっと手加減して殴った。

「ありがとう、友よ」

そうして二人はならんで踊り狂った。もう踊る必要はないはずなのに精一杯踊った。桃色のブリーフのみを身につけた貧弱な肉体が二つ、ステージ上でうごめくその猥褻ぶりはたとえようもなく、場内からは苦悶の声が湧き上がった。

図書館警察長官はステージの袖から二人の様子をまじまじと見つめていたが、やがて静かに彼らに近づき、頬を赤らめてこう言った。

「おまえたちのやりたいことがようやく分かったよ。友情とは僕が考えていたよりも不可解で、決して一筋縄でいくものではなかったのだね。でもそれは僕が本当の友というものを知らなかったからだ。そこで一つ頼みがある。どうか、僕も仲間に入れてくれないか」

そう言って服を脱ぎ捨てた長官も、桃色ブリーフを身につけていた。

今ここに結成された猥褻物陳列ダンスユニット「桃色ブリーフズ」の艶《なま》めかしい踊りを前にして、「桃色ブリーフ万歳！」「図書館警察長官万歳！」などと叫んでくれる者は一人もおらず、会場からは潮が引くように人がいなくなった。閑散としたグラウンドは夕闇に沈み、冷たい十一月の風が吹き抜けていく。友情で結ばれた三人は明るい照明の中、楽団がほとんどやけっぱちで奏でる「美しく青きドナウ」に合わせて、優雅に黙々と踊り続けた。

やがて淋しいグラウンドに須磨さんが姿を見せた。彼女はついついとステージへ向かって歩いてくると、抱えていた三枚のバスタオルを彼らに差し出した。

「いいかげんにしたら、どう？」

彼女は言った。

勇者たちは、今さらひどく赤面した。

# 桜の森の満開の下

桜の森の満開の下
【さくら―の―もり―の―まん―かい―の―した】
発表：一九四七年「肉体」
著者：坂口安吾（一九〇六―五五）
残虐な賊をも狂惑させる、恐ろしき「美」を、技巧的かつ幻想的に描いた作品。

＊

京都には桜の名所がいくつもあります。

蹴上《けあげ》インクラインの桜のトンネルもよく知られていますし、円山公園は桜の季節ともなれば黒山の人だかりとなります。谷崎潤一郎『細雪《ささめゆき》』でも言及される平安神宮の枝垂《しだ》れ桜は言うまでもありません。賀茂大橋近くの鴨川沿いにも桜並木が続き、学生たちが花見の宴《うたげ》を張ります。

その中から、「哲学の道」の桜並木を取り上げることにしましょう。

「哲学の道」とは、南禅寺から銀閣寺まで流れ来る琵琶湖疏水沿いの並木道です。なにゆえそう呼ばれるのかといえば、その昔、この界隈に住んでいた大学のエライ先生が、思索に耽りながら歩いたからだと言われております。もっとも、その先生が、のべつまくなし哲学的な思索に耽っていたとはかぎりません。いくら先生でも、たまには猥褻な想像もするでしょうし、空腹のあまり夕餉《ゆうげ》に思いを馳せるということもあったでしょう。

けれども、その先生が春爛漫《らんまん》の夜明け前に、哲学の道へ通りかかったとすれば、どうでしょう。まだ薄青い朝の空気の中で、かちんと凍りついたように続いている満開の桜の下はひっそりとして、物音一つしません。そこを一人ぽっちでくぐり抜けてゆく時、そのエライ先生は哲学的な思索も猥褻なことも空腹のことも一切を忘れ果てて、恐くて恐くて身震いし、足を早めたかもしれません。

桜の木の下から人を取り去ると、それは恐ろしい景色になります。

世人が桜の下に集って、「美しい美しい」と無闇に褒め称えたり、宴席を設けて杯盤狼藉に及ぶのは、人っ子一人いない桜の森の恐ろしさに堪えられないためかもしれません。美味《おい》しい物を食べて、酔っぱらってゲロを吐いていれば、その恐ろしさを忘れることができるからです。

哲学の道の桜が咲くと、大勢の花見客がおしかけ、まるで祇園祭のような賑わいとなります。見物人の行列は哲学の道を埋め尽くし、人々は八ッ橋を嚙み砕いて肉桂《にっき》の香りを漂わせながら、桜が花弁を絶え間なく降らす姿に歓声を上げます。夜になれば夜桜見物の若い男女が、闇に白く浮かび上がる花の下を、手を握り合って往来します。夜がふけるまで桜の下から人影の消えることはありません。それはまるで、花見客たちがよってたかって、冷ややかに静まり返った桜の森の恐ろしさを、押し隠そうとしているかのようです。

*

その哲学の道に沿って、大きな鉄筋コンクリートのアパートがあります。
それは築三十年ほど、学園紛争時代の香りをそのまま現代に伝えていると言われ、その陰鬱な雰囲気で有名でした。屋上の高架水槽にはいつも烏が群れていますし、窓から突き出された物干し竿には雑巾のような衣類が吊り下がり、夜になると暗い廊下に点々と灯る電球が不気味さをいっそう引き立てます。隣に聳《そび》える銀杏の巨木も、そのアパートを暗く見せました。秋になると、住人たちが銀杏の下をわらわらと這い回り、皺の寄った橙《だいだい》色のギンナンを拾い集め、中毒になるほど喰うのでした。その建物は不気味な上に、つねに何かが臭っていることでも有名でありました。

そのアパートの玄関脇の一室に、その建物と同じぐらい陰鬱な顔つきの男が暮らしておりました。大学生協の紹介でここに住むようになってから、もう三年が過ぎようとしています。

男は世に掃いて捨てるほどいる、腐れ大学生の一人にすぎません。大学には行ったり行かなかったり、勉強はしたりしなかったり、白川通にある小さな本屋の店番で稼いだ僅《わず》かなお金は、右から左へと消えました。

男はアニメのDVDと古本を買うことと、骨董市で得体の知れない安いガラクタを買うことが好きでした。三年の歳月を過ごした男の四畳半は、ぴかぴか輝く美しいDVDと、薄汚れた難しい標題の古本と、不気味なガラクタで溢れていました。それらの品々で身の回りを固めていくことが男の人生、男の世界、男の夢なのです。大きな瀬戸物の蛙のアングリ開けた口の中に「科学忍者隊ガッチャマン」のDVDが詰まっていたり、重々しい緞帳《どんちょう》を開くとテレビが現れたりするのでした。

男はそんな部屋に何日も座り込んで、小説を書くのがなにより好きでした。男は昔から文章を書くのが上手でしたが、小説を書くとなると話は別で、たいそう面白くない小説を書きました。誰一人面白いと言ってくれる友人もおらず、師と崇《あが》めている斎藤秀太郎という男にも「才能がない」と馬鹿にされましたが、それでも男は書くことを止めませんでした。なぜならば、奇想天外な品々に囲まれて息をひそめ、好きなように文章を書き散らしていると、時折、もうどうしようもなく、幸福で幸福でたまらない気持ちになるからでした。いつまでもこの時間が続けばよいと思えるからでした。

　そして、書くことはいくらでもあったのです。

「世界をこの手に握っているみたいな感じがする」

　彼は麻雀仲間にそう語ったことがあります。

　それはたった一人の淋しい生活とも言えるでしょうが、男自身にとっては愛おしくてたまらぬ、かけがえのない生活でありました。部屋のどこを見ても語るに値しない物はなく、男にとって美しくないものはありません。そこは一つの宇宙でした。この小宇宙を守るために、男は自炊をして食費を減らし、携帯電話は持たずに玄関脇にある桃色の十円電話ですませたほどです。

　男は一週間誰とも口をきかずに一人でいても淋しいと思ったことはありませんでしたが、そんな彼も、明け方の満開の桜を一人ぼっちで見るのは嫌でした。

　男の部屋の窓は哲学の道に面しており、窓を開けると桜並木を見ることができます。春、部屋の空気を入れ換えるために窓を開いていると、何かの拍子で風に乗った桜の花弁が舞い込んでくることもありました。その季節になると、男は人通りのない時間にはできるだけ窓の外を見ないようにしているのでした。

男がそんな風に満開の桜を嫌うようになったのは、入学した年の春以来です。

一人暮らしを始めた四月の早朝、男は肌寒さに眼を覚ましました。まだ引っ越してきたばかりのことで、四畳半はガランとしていました。二度寝するのはもったいない気がして、男は南禅寺まで歩いてみようと思い立ちました。そうしてアパートを出ると、満開の桜が咲く哲学の道を歩き出しました。

東山の陰になった哲学の道は、まだ陽が射さずに薄暗く、歩いている人は誰もいません。ただ冷たく張りつめた大気の中で、菓子のように白い桜だけが男の行く手にどこまでも続いていました。男は歩くうちにふと妙な気持ちになって足を止めました。振り返って見ましたら、そちらも満開の桜が延々と続いています。そのひしめく花弁の異様な華麗さが、まるでジャーンとシンバルを打ち鳴らしたようだと男は思いました。けれども実際は、時間が止まってしまったように、物音一つ聞こえません。男は立ち止まったまま、じっと桜並木の行く先を見つめていました。だしぬけに、とてつもなく恐くなってきました。ついに男は桜の下にいることに耐えられなくなって、哲学の道から出て、白川通へ逃げたのでした。

それ以来、男はしばしば、満開の桜のことを考えました。

あの妙な気持ちは何だったのでしょう。散りゆく桜を惜しむというような気持ちはまったくないつもりでしたが、それでも満開の桜の下に一人で来ると、男はなんだか妙な、嫌な気持ちになるのでした。花見の宴会などでは、どうということもありません。男が恐いのは、誰もいない早朝のひととき、凍りついたように咲き誇る満開の桜でした。

「ひょっとすると幼児体験で何か嫌なことがあったのかなあ」

男はそんなことも考えましたが、答えは出ません。

いつか、桜の森の満開の下にじっと座って、この謎についてじっくり考えてやろう。俺がいったいなぜあんなに嫌な気持ちになるのか解いてやろうと考え考え、けれども本当にそんなことをするのは気が進みません。

男はそのまま四年目の春を迎えました。

＊

ある日、男は夜っぴて小説を書いていました。

顔を上げると、埃の積もったブラインドの隙間から白々とした弱い光が射しています。ブラインドを上げて窓を細く開くと、冷たい空気が流れ込んできました。哲学の道沿いの桜がみっしりと咲いています。そのまま眠ってしまってもよかったのですが、男はふと、自分がこれまで満開の桜から逃げ続けてきたことを思い起こしました。男が早朝に床を離れていることは希《まれ》でしたので、今の機会を逃すと、自分は今年も桜を一人で見ないだろうと思いました。そう思うとなんだか悔しく、男は思い切って出かけることにしました。

やはり早朝の哲学の道には、人の姿は見えず、桜だけが音もなく咲いていました。嫌な気持ちが湧き上がってきましたが、男はそれでも桜のトンネルをずんずん歩きます。やがて耳元でわあわあと大きな音が聞こえてくるような気がして、たまらなくなってきました。このまま、まっすぐ歩き続けても桜の並木が途切れることは永遠にないような気がしてきました。

その時、男は、女に出逢ったのです。

その女は真っ白なコートにくるまるようにして、疏水沿いにある石のベンチに座っていました。白鳥のように細い首をうなだれて、眠っているようにも見えました。男が「大丈夫ですか？」と声をかけると、女は小さな声で何か呻きました。酒に酔っているようでした。春とは言え、まだ寒い頃のことです。こんなところで眠れば死んでしまうかもしれません。今まで生きていたのが幸運というべきでしょう。

「こんなところで眠ったら、死んじゃいますよ」

男が囁くと、女は「いいのよ。放っておいて」と言いました。そこで男を見上げた彼女の顔を見て、男はびっくりしました。桜の森の不思議な白さに包まれていたためかもしれません、彼女の顔はまるで磁器のように滑《なめ》らかで、人形のように美しいのでした。ぼんやりとした焦点の合わない眼で「一人にしといて」と女は言い、またうなだれました。男はその白いうなじを見つめました。

男はなおさら諦められなくなり、同じような押し問答を続けた挙げ句、ようやく女を立たせました。歩くのもままならないようでしたので、男は背中に負ぶって歩きました。力のない女の身体は重く、アパートまで哲学の道を引き返すだけでたいへんな苦労でした。普段ならば、男はそんなことをしてやる人間ではありませんでしたが、どうしてもそうしなくてはいけない気持ちになったのでした。

女は言われるままにアパートへ入り、男の部屋で茶を飲みました。断るのも億劫《おっくう》そうでした。長い黒髪が乱れていましたが、それを直すのも億劫そうでした。男がヒーターに手をかざしながら女を眺めていると、彼女は部屋にみっしりと詰まったガラクタを、物も言わずに見回しました。そうして手近にあった信楽《しがらき》焼きの狸を膝に載せると、なんとなく楽しそうに撫でました。

やがて女は、くたくたと糸の切れた人形のように横になり、丸まって眠ってしまいました。

男はしばらく彼女の寝顔を見つめていましたが、自分も徹夜明けでしたので、眠くてたまらなくなり、壁にもたれたままうとうととしました。

ふと眼を覚ますと、すでに日は高く、女の姿は幻のように消えていました。

*

男が唯一尊敬している人間は、となりの木造アパートに住んでいる斎藤秀太郎という男でした。斎藤には同じ学部の知人から誘われた麻雀の会で偶然に知り合いました。斎藤ほど風変わりな人間に、男は会ったことがありませんでした。斎藤は、いわば腐れ大学生の極北に位置すると言ってよいでしょう。人を人とも思わぬ毒舌を吐いて、およそ馬鹿にしない相手というものがこの世にありません。男はいたって内気で平凡な人間でしたから、斎藤秀太郎に憧れました。彼のようになりたいとつねづね念じていました。けれども斎藤はたいへんな天《あま》の邪鬼《じゃく》で、相手が自分を尊敬していると分かれば、なおさら馬鹿にするのでした。

夜を徹して麻雀をやっていると、斎藤の毒舌はさらに激しくなります。

斎藤は男を睨んで言いました。

「おまえは俺を尊敬していると言う。そんなことを表明して、何になるというんだ。誰かを尊敬している人間ほど、つまらないものはない。俺を遠巻きにしろ。そして、倒れる偶像に潰《つぶ》されるな」

そんな斎藤の言葉を、男はせっせとメモするのでした。それがニーチェからの剽窃《ひょうせつ》であろうと、斎藤が引用するからには、それは男にとって重大な言葉なのでした。

斎藤が誰にも読ませたことがない「進行中の作品」を書き続けていることは有名で、男もそれを読んでみたいと思っていましたが、彼が許してくれるはずもありません。男は斎藤の言葉の端々から、その何年も書き続けられているという幻の大作のことを想像し、読んでもいないのに感服しました。男が一生懸命小説を書いているのは、そうやって厳しい鍛錬を続ければ、やがて斎藤秀太郎のようになれるのではないかと考えたからでもあるのです。斎藤は、男が生まれて初めて見つけた「目標」でありました。

一編の小説をようよう仕上げると、男は斎藤秀太郎の下宿を訪ね、読んでくれるように頼むことにしていました。偏屈な相手はなかなかウンとは言いません。頭を下げて、食べ物や煙草などをつけて、ようやく読んでもらえることになります。ひとたび読むとなると、斎藤秀太郎は赤いボールペンで男の原稿をずたずたに切り裂くようにして返してきました。それを見ると、男は死にたくなるほど落ち込みましたが、なんとなくそうやって苦しい思いをするのが貴いように思われて好きでした。自室で見返すのがあまりに辛いので、男は斎藤秀太郎から返ってきた原稿を鞄に入れて喫茶店や大学図書館へ出かけ、ほとんど半日かけて、真っ赤な書き込みの一言一句を頭に刻みました。男はそれを修行だと思っていました。

満開の桜もあらかた散ってしまった頃合いです。

ある日曜日の午後、男は白川通に面した喫茶店の隅に座って、斎藤から返ってきた原稿を睨んでおりました。やがて隣のテーブルに一人の女性が腰掛けました。ちらりと見やると、それは満開の桜の下で会った女性でした。彼女は恋人らしい男と一緒でしたが、賑やかに言葉を交わすわけでもなく、つまらなそうにしきりにあくびをしていました。彼女は自分のことを覚えていないだろうと男は思いました。けれども男にとって意外なことに、彼女はやがて男に気づくと席を立って、こちらへ歩いてきました。

「ちょっといい？」

彼女は男の向かいに腰掛けました。彼女の恋人の方を見ると、まるで嚙みつくような眼でこちらを睨んでいるので、男は恐くなりました。女が先日の礼を言うのを聞き流して、早く向こうへ戻れと言ったのですが、女は唇をすぼめるだけで戻ろうとしません。男がテーブルに広げていた原稿を覗き込んで、顔を輝かせました。「これ小説？」と言いました。「私、小説読むの好きよ」

女はしばらく原稿を眼で追っていましたが、やがて斎藤秀太郎によって赤い二重線で消された文章を指し、「なぜこれを消すの。これがいいのに」と言いました。

「そうかな」

男はびっくりしました。自分が書いたものを誉められるのは初めてだったからです。

「この赤い書き込みはだめよ。いいところを全部消してるもの」

そう言って女はテーブルに転がっていたペンを取り、斎藤秀太郎が長々と書き込んだ指摘に、大きくバッテンをつけました。そうしてひと仕事を終えたように、カラカラと涼しい声で笑いました。

やがて、「おい！」とたまりかねた男が脅すような声で呼ぶので、彼女は「ハイハイ」と言って立ち上がり、元の席へ戻っていきました。やがて背中を押されるようにして、彼女は喫茶店から出て行きました。彼女が立ち去った後も、斎藤秀太郎の書き込みに大きくバッテンをした後の女の笑い声を、男は忘れることができませんでした。

それからというもの、男はしばしば大学や町中で女の姿を見掛けるようになりました。

女のかたわらにはたいてい他の人間がいたので、男と言葉を交わすことは滅多にありませんでした。けれども女は、男に気づくと必ず頭を下げて微笑みました。彼女を見掛けて、そして頭を下げて通り過ぎる際に、もう二度と彼女の顔を見られないとしたらどうしようと、男はふと思いました。いつの間にか、女を見掛けるのが楽しみになっていたのです。出逢うたびに、自分を見る女の表情が柔らかくなるようにも思われましたが、男はそれを自分の思い込みだと決めつけました。男はそういった恋の駆け引きのようなことに、まったく希望を断っていたからです。

ある日、男は大学へ出かけた後、白川通の書店で働きました。伝票の整理をして店じまいをし、銀閣寺道へ通りかかった頃には、深夜をまわっていました。暗い雨が降っていて、濡れた路面が街灯の光を跳ね返してギラギラしています。人通りはありません。男は銀閣寺交番の前を通り過ぎ、ひっそりと静まった哲学の道を辿ってゆきました。

ふいに、バラバラと傘を打つ雨音の中に、男女の声を聞きました。

男の目の前に街灯が一つ立ち、青々とした桜の新緑を輝かせています。その街灯の下で、男女が向かい合って、何かただならぬ剣幕で言い争っていました。男が女に傘を差しかけています。どちらかといえば泣きそうな声を出しているのは男の方で、女は疏水に降り注ぐ暗い雨を所在なげに眺めていました。雨に濡れた長い髪が、磁器のように白い頬にまとわりついています。男は、それがあの女であると気づきました。

気まずいものですから、男は傘で自分の顔を隠すようにして、足を早めました。通り過ぎて数歩行った時、男は女がこちらへ駆けてくる足音を聞きました。振り返ったとたん、濡れた女が傘の下へひらりと飛び込んできました。

その後、女と口論をしていた相手がこちらへ向かってきてから、何がどうなったのか男にもよく分かりませんでした。二言三言やりとりがあっただけで、男は女を追ってきた相手を無我夢中で疏水の中へ突き落としていたのです。暗い水の中で立ち上がった相手は、呆然としていました。まだ流れ切らずに浮かんでいた桜の花弁が身体にべったりと貼りついて、まるで桜の怪人のように見えました。

女が、男の手を引いて走り出しました。

二人は暗い雨の中を駆けて、黒々と要塞のように聳《そび》える男のアパートまでやって来ました。玄関に駆け込んで息を殺し、小さな電球の光に照らされる互いの顔を見守りながら、表に降る雨音に耳を澄ませました。何者かが追ってくる気配はありません。髪を濡らした女は、ひどくあどけなく見えました。男が見惚れていると、女はキョトンとしたような眼をして男を見返します。

やがて女はハンカチを取り出して男の顔を拭いました。

そうして、くつくつと笑いました。

＊

男が女と一緒に暮らし始めたのは祇園祭が終わる頃で、それは男の数少ない友人たちの間に大反響を呼び起こしました。

友人たちには寝耳に水の出来事でしたし、一切が謎めいていました。男の自己完結した暮らしぶりを知っている彼らには、どうしても解《げ》せないことでした。「少なくともあいつよりは実りある生活をしている」と、思い込んでいた友人たちの驚きと悲嘆はたいへんなものです。男の奇跡的快挙は、彼らの思い描いていた世界の秩序を根底から揺るがすものでした。

「そんなことがあってよいはずがない」と、断言する者さえいました。「これは熱力学の法則に反する」

「まさか誘拐してきたのではあるまいか」

友人たちは真剣に心配しましたが、そうでもないようでした。

彼らは一生懸命男に探りを入れて、この奇跡の真相を暴こうとしました。けれども、男からははっきりとした返答を聞くことはできませんでした。それも無理のないことで、男自身にもなぜそんなことになったのか、皆目分からなかったからです。もちろん男は自分が女に惚れていると思っていましたし、四畳半に座って自分の書いた文章を静かに読んでいる女を見ると、何か今まで味わったことのない充足感も湧きましたが、けれども女がなぜそれで満足するのか、男には納得ができませんでした。男にとって納得がいったのは、「自分が彼女に惚れている」ということだけだったのです。

女はよく、彼を抱きながら囁くのでした。

「あなたはきっと夢をかなえて小説家になる。有名になる」

そう言われると、男は得も言われぬ気持ちになりました。自分に自信を持つということは、こんなにも幸福なことだったのか、と男は驚きました。斎藤秀太郎は、いつもこんな気持ちで生きているのかと思いました。男は初めて自分を本当に肯定してくれる人に出逢ったと思ったのです。それだけに、女を失うことは想像するだに恐ろしいことでした。

女と一緒に住むことになった時、男は引っ越すことも考えました。けれども女は「まだいい」と言いました。その代わり、男はアニメのＤＶＤを売り払いました。そのお金でエアコンを買うぐらいはできましたし、部屋も少し広くなるからです。男は煙草も止めました。

その夏、自分の部屋で居心地良さそうに振る舞う彼女を、男はまるで奇跡を見るかのように眺めて暮らしました。女は柔らかく、綺麗な声で語りました。彼女の仕草の優雅さに男は見惚れました。男が四畳半を埋め尽くしている品物を手にとってあれこれ語ると、女は目を輝かせて耳を傾けます。そういう時、男はこの時間がずっと変わらず続けばよいと思うのでした。

けれども、女の振るまいの底には何か確固たる意志があることも男はぼんやりと気づいておりました。その女の意志がどこを目指しているのか分かりませんが、それが恐ろしく固く、男が如何に努力をしても曲げることができないものであることは漠然と分かりました。その固い岩盤のようなものにぶつかった時だけは、男はふいに夢から覚めたような気がして、女の顔がぜんぜん見も知らぬ他人のように見えるのでした。

八月の終わりのこと、男と女は大きな喧嘩をしました。

原因は斎藤秀太郎でした。

男は斎藤秀太郎への尊敬の念を大切に持っており、女が小説を誉めてくれるようになっても、何か書くたびにまずは斎藤を訪ねて意見を求めるのが常でした。女にはそれが気に入らないのです。女に言わせると、斎藤は男の文章の良いところを残らず台無しにして、わけの分からないものにしているというのでした。斎藤がつねに威張りくさって男を馬鹿にすることも、女の気に入らないのでした。男がどうしても斎藤の肩を持って譲らないので、女はますます怒りました。そうなると女の口調はまるで迷惑な顧客に応対する窓口係のように馬鹿丁寧になり、表情は消えてしまいます。女は斎藤を悪く言うだけでなく、男の友人たちの悪口まで言い始めました。間の悪いことに、その晩、男は一乗寺にある知人宅で開かれる「一乗寺杯争奪戦」という徹夜麻雀へ出かけることになっていたのです。

男は頭に血が上ってしまって、そのままアパートを飛び出しました。

男が今まで誰にも見せたことがないほど不機嫌な顔をして姿を現すと、友人たちは一様に驚きました。遅れてやって来た斎藤秀太郎が「ずいぶん派手にやっていたな」

と男に声をかけました。「うちの下宿まで聞こえた」と言います。それを聞いた友人たちは、「なんだ、痴話喧嘩かよ」「つまらん」と口々に言い、もう追及しませんでした。男は苦笑しました。

けれども一晩経ってみると、男はひどく不安になりました。照りつける夏の陽射しを浴びながら一乗寺から自転車を走らせていると、急がねばならぬという気持ちになりました。汗を流してアパートに戻り、玄関に足を踏み入れると、自室のドアが開けっ放しになっているのが見えました。中を覗いた男は、呆然と立ち尽くしました。

女は、ドアを開け放したままの部屋に座っていました。

部屋は眩しい光に満ちています。ブラインドがなくなって、晩夏の陽射しがギラギラと射し込んでいるからです。なくなったものはブラインドだけではありません。男が三年以上にわたって大切に溜め込んできた、木彫りの置物や焼き物や硝子や絵や、古本のほとんどすべてがなくなっていました。コレクションの消えた四畳半は、まるで座敷牢のように荒涼として見えます。女は空っぽの四畳半で、空っぽの本棚にもたれて、気怠《けだる》そうに団扇《うちわ》を使っていました。のぞいた鎖骨に汗の粒が光っているのが見えました。男が物も言わずに立っていると、女は男へ微笑みかけて、「少し掃除したわ。引き取ってくれる親切な人がいたの」と言いました。そうして、かたわらの畳を敲《たた》き、「ここに座って」と静かに言いました。「そばに来て」

女は男の大切なものを捨ててしまったというのに、それよりほかは何も言いません。ただ所在なげに、ぼんやりと四畳半の隅を見やっています。夏だというのに冷え冷えとした感じがして、男にはあたりが凍りついたように思われました。二人が向かい合っているのに、この部屋にはもう誰もいないようです。男は、なんだか似ているようだと思いました。似たことがいつか、あった、それは、と彼は考えました。そうだ、あれだと気づいて、男はびっくりしました。

桜の森の満開の下です。あの下を通る時に似ていました。

男はゾッとしました。

女が空っぽの四畳半の奥から、キョトンとした目つきで男を見ていました。男は力が抜けたようにドアの前に座り込みました。そのまま何も言いませんでした。なぜなら、その時、男は本当に、その女を愛おしいと思ってしまったからです。

＊

男が初めて女のために小説を書き始めたのは、その後のことです。

男の生活は変わりました。書くことに夢中になって、友人たちとの麻雀にも行かなくなりました。人付き合いが悪くなりました。なにより大きな変化は、男が原稿を斎藤秀太郎に見せなくなったことでした。それは今まで男が書こうともしなかった小説で、斎藤秀太郎ならば丸ごと屑箱に捨てるだろうと思われたからです。男は初めて、女のことを書いたのです。とにかくガムシャラに、思いつくままに書いたのでした。

書けたそばから、女は読んでいきました。そうして、男の文章の中に「斎藤秀太郎」が顔をのぞかせるたびに、「ここはダメ」と言うのでした。そして、かつて斎藤に馬鹿にされていた部分を、女は巧みにふくらませてゆきました。男の中の「斎藤秀太郎」は根絶されていきました。男が斎藤の下宿のドアを叩《たた》くことも、もはやありませんでした。

それから半年が経ちました。

二月のある日、男は新人賞に選ばれたという知らせを受け取りました。その新人賞に応募すればいいと言ったのは女でした。男と女は手を取り合って喜びました。「こうなるのは分かっていたのよ」と女は言いました。「あなたには才能があるのだから」

その日は男にとって忘れがたい一日でありました。

二人は祝いに街へ出て、四条河原町の界隈を歩き回りました。

空は灰色の雲に覆われ、二月らしく冷え込んで雪さえちらつきましたが、街は柔らかなざわめきに包まれています。まるであたりの雑踏まで好意に充《み》ちているように、男には思われました。男は女の欲しがっていた洋服を買うことにしました。女の喜ぶ顔を見ていると、男も幸せになりました。二人はレストランで昼食を取り、幾つもの店舗を巡って買い物をし、それからカフェに入りました。窓辺のテーブルで珈琲を飲みながら、男と女はこれからのことを語り合いました。新人賞に応募した後も、男は女と一緒に書き続けていましたから、新しく書いた小説はずいぶんな量になりました。けれども、これがすぐに買ってもらえるかどうかは分かりません。男は不安でした。けれども女は「あなたなら大丈夫」と言うのでした。女は不思議な自信に満ちていました。

赤いマフラーを巻いて頬を染めた女と手をつないで、ビルの谷間を歩いている時、灰色の雲間から神秘的な光の筋が射すのを見ました。女はそれを見上げて、「あれは天使の梯子よ」と言いました。そうやって空を見上げていると、ちらつく雪の中を、銀色に輝いて見える鳥の群れが何十羽も横切りました。

二人は三条通を烏丸へ向かって歩いていきました。

やがて茶色の小綺麗なマンションの前に通りかかりました。雲間から射す光があたりを照らしています。女はふいに足を止めて、ぼんやりと視線をさまよわせ、そのマンションを見上げました。

「私、そろそろ引っ越したい」

女は言いました。「ここにしましょう。ここに決めたわ」

＊

哲学の道にあった要塞のようなアパートを引き払い、その街中のマンションへ引っ越してから、男の生活はさらに一変しました。

すぐに仕事が来るはずがないと疑っていた男は、意外な反響に驚きました。編集者が次々とやって来ました。何が起こっているのか、分からないほどでした。もし女から的確な意見を聞くことができなければ、男は不安に耐えきれず逃げ出していたことでしょう。

男は大学へはまったく行かなくなってしまい、学費も払いません。そもそも卒業できる見込みもなかったのです。

男は仕事の依頼に片端から応えていきました。仕事は恐ろしいほど順調に増えていきます。やがて男は仕事があるということに慣れ、少し自信を持つようにもなりました。けれども夕方になってベランダへ出、夕暮れの三条通に夜の灯が煌《きら》めいているのを眺める時など、男はふと不安になるのでした。まるでホームシックにかかったような何かよく分からない思いが、男を哀しくさせるのでした。その不安を打ち消すのもまた、女でした。

その年の春、男は桜を見ませんでした。

男は淡々と仕事をしました。そうして季節は移ろいました。

女が東京へ行こうと言い出したのは翌年の初春のことです。

街中へ引っ越して一年も経っておりませんし、男はようやく新しい生活に慣れてきたところでしたから、二の足を踏みました。わざわざ東京へ出て行く意味が男には分かりませんでした。「東京へ行く必要はないじゃないか」と男は反論しました。「行く必要があればすぐに行けるし、京都でも仕事はできるじゃないか」と言いました。女は首を振って頑《かたく》なに言い張りました。「あなたの夢を果たすには、このまま京都に住んでいてはダメよ」

何度も言い合いをするうちに、男はだんだん、ひょっとすると女の言う通りなのかもしれないと思い始めました。女が何か反論のできない理由を挙げたというわけではありません。男は女の頑なさによって説き伏せられたのでした。女には確固たる意志があり、男には確固たる意志がありませんでした。それだけで勝敗は決まっていたのでした。

「きっとあなたはもっと有名になる。もっと立派になる」

女はそう言って男をけしかけるのでした。

けれども男は、一つの疑問を感じていました。女が語るのはつねに「あなたの夢」でした。しかし、男にはそれが本当に自分の夢なのかどうか、自分の意志が本当に女の言うような方角を目指しているのか、つねにあやふやであったのです。

「本当にそうなのかな」と男は言いました。「俺はそうしたいのかな」

「何を言ってるの」と女は笑いました。「もっと自信を持って」

「そういうことではないんだ」

「じゃあどういうことなの」

男にはうまく答えることができませんでした。口ごもって物思いに耽っている男を、女は後ろから抱いて「大丈夫」と言いました。「きっとうまくいく。あなたには才能があるもの」

結局、男は折れて、引っ越すことになりました。

引っ越しの支度と仕事に忙殺されていた男の脳裏に浮かんだのは、満開の桜のことでした。すでに四月になっていて、京都中の桜が咲いている頃です。男は京都を去る前に、どうしても一人で哲学の道の桜を眺めたいと思いました。なぜだか判然としないのですが、桜の森の怖さの理由が今の自分には少し分かるような気がして、男は「行かねばならない」と思うのでした。

京都を去る日の早朝、男は女には内緒で哲学の道へ出かけました。

まだ薄暗い朝の街を自転車に乗って走っていくうちに、すでにもう男は恐くなっていました。街角のあちこちに桜が咲いています。満開の桜のことを考えると、男は逃げ出したくなりました。男はそれでも丸太町通を辿って白川通へ出て、やがて哲学の道へ達しました。

藍色の空気の中に、真っ白な桜がみっしりと咲いています。歩く者は誰もいません。男は自転車を置いて、桜の下に入っていきました。朝の空気はただでさえ冴え返っていましたが、桜の下はまるで凍りついたように冷たい気がしました。あらゆる音が消えてしまい、まるで虚空に立っているようです。かつて感じた嫌な気持ちが、くっきりと男に蘇ってきました。あの朝、女が腰掛けていたベンチを見つけましたが、男はそこに座ることができませんでした。足を止めることができなかったのです。男はやはりどうしても堪えきれず、人気のない桜並木の下を走り出してしまいました。

やがて男は、長い間住んでいた要塞のようなアパートの前までやって来て、息をつきました。

となりのアパートの玄関先にゆらりと人影が立っていて、桜並木を眺めながら煙草を吸っているのが見えました。それは斎藤秀太郎でした。男はホッとして、懐かしくてたまらなくなりました。最後に斎藤秀太郎と言葉を交わしたのがいつであったのか、男にはもはや思い出せませんでした。

男がそばに寄っていくと、斎藤秀太郎はまるで見知らぬ他人を見るような目をしました。男は斎藤にこれから東京へ行くという話をしました。小説の仕事も順調だと言いました。男は自分に似合わず華々しい戦績を語って、斎藤が得意の毒舌で彼の浮かれぶりを馬鹿にしてくれることを待ち望んでいました。けれども斎藤は「それは良かったな」と言うだけでした。「まあ、やれるだけやってみたまえ」

期待していた言葉が引き出せないので、男は夢中で喋りました。それなのに斎藤秀太郎はどこまでも淡泊でした。男にはまるで興味を失っているようにも思われました。男はついに一人で激高して、「斎藤さんのやり方では誰も読んでくれない」というようなことまで言いました。言ってしまった後に、我ながら何と馬鹿なことを言ったのだろうと思いましたが、いったん口から出た言葉は打ち消すことができません。男は途方に暮れてしまいました。

気がつくと、あれほど毒舌の斎藤秀太郎が物も言わずに、男を見下ろしていました。やがて「それでは失敬」と斎藤は煙草を揉み消しました。「俺には仕事があるのだ」ふらりと立って、「進行中の作品」へ戻っていく斎藤の後ろ姿を男は見送りました。満開の桜が盛大に花弁を降らせています。斎藤が去った後、満開の桜の下で、男は一人ぽつんと立ち尽くしておりました。

＊

東京へ引っ越してから、男の仕事はますます忙しくなりました。

あの四畳半で温い湯に浸るようにガラクタに埋もれて暮らしていた頃のことは、もはや思い出せないほどです。男にはすべてが奇跡のように思われました。あの頃、こんなことになるとは男を含めて誰も予想できませんでした——ただ一人、女をのぞいて。それら劇的な変化の一切を彼女がもたらしたのだと思うとき、男はすっかり感服してしまうのでした。彼女のおかげだと思うのでした。

男が東京へ引っ越してから起こった出来事は、男にとっては奇跡的なことであり、世の中から見ればまことにありふれた成功物語の一つでした。次々と本が出て、ドラマや映画になるという話もありました。男はお金持ちになりました。嬉しく思う一方で、男は自分が机上でデッチ上げたものが、自分の手を離れ、自分のあずかり知らぬところからお金を巻き上げているように思うこともありました。目に見えないところから器量に見合わぬお金が入ってくることは、男の生活を豊かにする一方で男を不安にしたのです。

今や男は何でも買うことができましたが、とくに欲しいものはありませんでした。ごくたまに、かつてのようにガラクタを買い集めてみたいと思うことがありましたが、そのたびに男は、あの夏、空っぽの四畳半に女が一人で座っていた日のことを思い出しました。そうするともう、何かをわざわざ手に入れようとすることが物憂くなってしまうのでした。

女はいろいろなものを欲しがりました。そして男は、欲しがるものを手に入れた時の彼女の笑顔を見るのが好きでしたので、言われるがままに街へ出て、一緒に店を回りました。男が物怖《ものお》じするような高級店へ入っても女は平然としています。煌びやかで綺麗な店で品物を選んでいる時の彼女はたいへん堂々として自信に満ち溢れており、男は惚れ惚れとしました。綺麗な服を買ったり宝石を買ったりすることの喜びが男には分かりませんでしたが、女が巧みにさまざまなものを組み合わせて身を飾るのを見ていると、男は目が離せなくなるのでした。

「何かまだ足りない」

女は出かける前に身支度をしながら、そんなことを呟くことがありました。男がもう十分だと思っていても、彼女は的確に、自分に足りないものを見抜くのでした。男にはその原理が分かりません。それは神秘的な技術に思われました。

女が美しくなるのに歩調を合わせるようにして、彼らは住まいを転々としました。そのたびに住まいはより綺麗に、立派になってゆきます。その引っ越しもまた、女の「何か足りない」という言葉をきっかけにして決まるのでした。やがて男には、それがまるで螺旋《らせん》を描きながら天空を目指すように、キリのない運動に思えてきました。けれどもそういうことをしているかぎり、女はとても生き生きとして自在に見えたので、男は文句を言う気になれませんでした。いずれにせよ、執筆道具の他はわずかに本を持っている程度だったので、引っ越しの準備に頭を悩ませる必要はなかったからです。男はただ、女の言うままに、彼女の引っ越しを手伝えば良かったのです。

一つ、男がどうしても我慢できないのは、女が住まいで開く小さなパーティでした。

女は知り合いを家に招くのが好きで、そのために熱心に準備をしました。やって来るのは男の知り合いもいましたが、大半は見知らぬ人間です。東京へ来てから、女は知人の経営するアクセサリー店で働くようになっていたので、そこで知り合った人間が多いのでした。男は知らない人間に会うのが好きではないので、女がパーティを開く日にはたいへん居心地の悪い思いをしました。「あなたも居てくれないと困る。だって、みんなあなたに会いに来るんだもの」と女は言いました。

「俺なんかと喋っても面白くはない」

「そこにいるだけでいいのよ。私がうまくやるから」

男は文章を書くことは上手でしたが、当意即妙の受け答えはまったく不得手でしたから、そういった夜はお客たちが早く帰ってくれるように念じてばかりおりました。胡散臭い軽薄そうな客人が、女に馴れ馴れしく口をきくのが男は嫌でした。疲れて苛々している時に、見も知らぬ他人から見え透いたおべんちゃらを言われるのも嫌でした。

居たたまれなくなってベランダへ逃げ、一人でぼんやりと街の灯を眺めていることもありました。耳を澄ませると、賑やかな会話のところどころに、薄い陶器の鳴るような、綺麗に澄んだ女の笑い声が混じります。ベランダから聞いていると、その笑い声が、まったく聞いたことのない人間の声に思われます。

男が「家に人を招くのをやめて欲しい」と言うと、女は「人脈を広げているんじゃないの」と言って平然としています。「あなたのためよ」

それは確かにそうなのでした。

女は弁が立って愛想が良く、誰とでも仲良くなるように見えました。彼女には、わずかな手がかりを摑んで他人をたぐり寄せる能力がありました。それは男にはまったくないものです。彼女が連れてくる人物がきっかけで新しい仕事が始まるということもあったので、彼女の言うことに嘘はありません。

けれども実際のところ、男はそうまでして仕事を増やしていきたいとは思いませんでした。

男の最大の悩みは、「彼女のこと」しか書けなくなっていることでした。いつの間にか、男の頭の奥に一つの鋳型《いがた》が作られていて、一切の小説はそこから出てくるらしいのです。「この小説は、いつか書いた」と、自分がいつも同じものを書いているという思いが胸をかすめることがありました。そういう時、男はふと机の前でボンヤリして、以前はもっといろいろなことが俺には書けたはずだと思うのでした。かつての自分はもっと自由に考えていたような気がしました。男はその悩みを女に語ってみましたが、彼女は「それでいいのだ」と不満はないようでした。「もともとあなたが書いていたものは、売り物になるようなものではなかったのだし、仕事となれば少しは我慢が必要だわ。仕事というのはそういうものよ」

女の言うことは正しいことだと思われました。自分は贅沢なのだと男は反省しようとしました。けれども、女の言うことは正しくても、本当に腑に落ちるというわけにはいかなかったのです。女の言葉を一つ飲み込むたびに、それは男の腹の中で一つの石になりました。その石がゴロゴロと腹に溜《た》まってくると、男はやりきれなくなりました。

そういった時、男は黙って家を出ました。そうして何日も帰りません。

その間に男が何をしていたかと言えば、古い町並みを探して、ただ無目的に歩いていたのでした。植木鉢がたくさん並んでいる路地や、昭和の香りが漂う古いアーケード、小さな寺や神社は男を安心させました。それは何となく京都を思い起こさせたからです。そうやってどれだけ長い間歩き回っていても、男は京都へ行ってみようとは思いませんでした。なぜならば、いったん女を置いて京都へ行ってしまえば、二度と自分は帰ってこないだろうと思ったからです。男は東京に残っている古い町を歩きながら、夕闇に沈む細い路地が京都のどこかへ通じている光景を繰り返し夢想しました。この坂道を下っていくと、吉田山の山裾に通じているのだと思ってみたりしました。想像の中の細い路地を辿って、男は哲学の道に至ります。そこには満開の桜がありました。男はその桜の森の満開の下に立ち尽くすのでした。

男が数日姿を消してから家へ戻ると、女はつねにたいへん優しく男を迎えました。男が小さな古道具を買って帰っても、女は何も文句を言いませんでした。「疲れているのよ、このところ忙しかったもの」と女は言います。女は珈琲を入れてくれ、「砂糖を入れてあげる」と言いました。女は男を慰める時、必ず珈琲に砂糖を入れるのです。そうすれば男が元気になると信じているようでした。そして女は仕事を休んで、男と二人で一日中何もせずにごろごろします。

自分のそばに座ってジッとしている女を見ていると、男は心が落ち着いてきました。女がこうしていつも優しく柔らかく、自分だけの人間でいてくれれば良いのにと男は密かに思いました。そして、もっと自分が新しい小説を書けるように協力してくれればいいのにと思いました。

そうして、自分の身勝手を反省するのでした。

＊

それからまた、時は流れました。

女は自分の店を持つことになって忙しくなり、男の生活は忙しいままでした。女は深夜まで帰って来ないことがあり、男が眠っている間に帰ってきて、男が寝ている間に出て行くことがありました。仕事だと思われることもありましたし、なぜ出かけるのか判然としない時もあります。苛々して男が文句を言うと、女は「嫉妬してるの」と言いました。「なら、そのことを書くのよ。そうすればきっと面白くなる」

たまの休みになると、女は男を連れて街へ出かけました。そうしてあちこちを巡りながら、自分の思いつきを語りました。それは男に書かせるためでした。男には、もはや彼女のほかに何も書くことはありません。二人の間で起こったあれこれに、女が語って聞かせるエピソードを混ぜて、小説らしきものをでっち上げているに過ぎないのでした。彼女の一挙手一投足を見守って、文章をひねりだそうとしている時、男は自分が女専属の伝記作家であるように感じました。それは、男には決して幸せに思えません。男は自分がかぎりなく無力な人間になったように感じました。初めて彼女のことを書いた頃、男は無我夢中でしたが、今は何か違うのでした。「君を食い物にするのはもう嫌だ」と男は言ってみましたが、女は「私を食い物にすればいいのよ」と動じません。「食い物にすればそれでいいのよ」

　女は自分の仕事に采配を振るい、男にアイデアを与え、遊びに出かけ、男が書いた自分の小説を喜んで読み、八面六臂の活躍でした。女は自分の生活に満足していました。向かうところ敵なしと言って良く、その活躍は雑誌に取り上げられたりもしました。女は時の人であり、そのパートナーたる男は今や人気のある小説家でした。それは、傍目には、たいへん見事な組み合わせでした。けれども、女が完璧に作り上げた調和を乱すのはいつも男でした。

「俺はもう、自分が嫌になったよ。いつまでも同じことをして、きりがないよ」

「でも、生きていくというのはそういうことじゃないの。子どもみたいなことを言ってはダメよ。いつまでも、学生気分ではいられないのだから」

「それはそうだが」

「あなたは贅沢でワガママね」と女は言いました。「子どもみたいなことを言って仕事を放り出して、せっかく二人で作り上げてきたものを台無しにしてもいいの。これは、あなたの夢なのでしょう」

「そうだろうか。これは君の夢じゃないのか」

「私の夢はあなたの夢じゃないの。あなたの夢は私の夢じゃないの」

いつでも女は正しいと思われました。自分が現実をわきまえない身勝手な人間なのだということは、男にも重々分かっていたのです。だからこそ男は我慢がならないのでした。そんなに毅然と前を向いて、いったい女はどこを目指しているのだろうと男は思いました。女と言い合いをするたびに、男は同じことを何度も繰り返していたように思われ、億劫でならなくなりました。

ある春の夜、男は連続ドラマの打ち上げに出かけました。それは男の書いた小説をドラマ化したものですから、男も出かけなくてはならなかったのです。けれども大勢のスタッフや出演者がわいわいと集っている中で、男はとくに居場所もなく、ひっそりと片隅に座っているだけでした。男は、ここに座っている人たちの何人が俺の小説を読んだろうと考えました。読まない人間がいることが淋しいのではありません。読んで欲しいとも思っていない自分が淋しいのでした。早々に我慢がならなくなって男は席を立ち、会場から抜け出しました。夜の街へ出て呆然としている男を、編集者が追いかけてきました。

編集者がつかまえてくれたタクシーに乗って、男は帰途につきました。光り輝くビルの谷間に、たくさんの車のライトが静かに流れていました。タクシーの中は街の雑踏から切り離されて、とても静かでした。男は座席に身を沈めて、窓の外を流れていく街の光を眺めながらボンヤリしています。急に切なさが堪えきれなくなりました。両手で顔を覆うようにして呻きました。

「気分が悪いですか？　止めましょうか？」

編集者が言いました。

「いや、大丈夫」

男は、今の自分が立っている場所がどこなのだか、さっぱり分かりませんでした。自分が何をすべきで、何をしたいのかも分かりません。女の強烈な意志が指し示す先が、どんな場所なのかも分かりません。そこは空虚な場所なのだと、男は漠然と思いましたが、自分こそが空虚なのだとも思われました。

「桜が満開ですよ。見事ですなあ」

タクシーの運転手が呟くように言いました。

男が顔を上げて窓の外を見ると、燦然と輝く照明に下から照らされた満開の桜のトンネルをタクシーが通り抜けていくところでした。男はその時、ようやく、あれほど嫌いだった桜の謎が今度こそ解けるような気がしました。男は桜を見ようと思いました。

「すまないけど、行く先を変えるよ」

男は言いました。「東京駅へ」

＊

いぶかしげな編集者と別れ、その深夜、男は京都へ戻りました。

コンビニで酒と食べ物を買って、ぶらぶら哲学の道へ歩いてゆきました。かつて男が住んだ要塞のようなアパートはそのままそこにありました。

男はとなりにある斎藤秀太郎の下宿を訪ねてみましたが、主と言うべき斎藤秀太郎の姿はすでにありませんでした。空白の表札を眺めながら、男は幾度も斎藤秀太郎の元に通って、厳しく罵倒されながら、文章を書きつづっていた頃のことを思い出しました。最後に彼と会った時のことを思い出しました。あの時、斎藤が物も言わなかった理由が今の男には分かるのです。しかし、そのことを語ろうとしても、男が憧れていた斎藤秀太郎はもはやどこにもいないのでした。

男はしょんぼりとしたまま表へ出て、かつて自分が暮らしたアパートへ入りました。

玄関脇の男の部屋は空室になっています。男はソッと忍び込んで、空っぽの四畳半に座り込みました。窓からは哲学の道にある街灯の光が射し込んでいます。男け冷たい食べ物を食べ、酒を飲み、コートにくるまったまま物思いに耽って一夜を過ごしました。

うつらうつらして目を開けると、窓の外が白々として鳥の声が聞こえます。空っぽの四畳半はひどく冷え込んで、身体が音を立てて軋《きし》むようでした。思い切って窓を開くと、冷たくて新鮮な朝の空気が流れ込んできました。窓の外には満開の桜がありま す。行かねばならない、と男は思いました。

すると、ドアの前に人影が立ちました。目をやると、それは女でした。彼女は目を赤くして、男をじっと見つめていました。やがて女は開いたドアの前に座り込み、「ああ良かった」と呟きました。「編集の人に聞いたのよ。なぜ私を置いてけぼりにするの」

男は何も言う言葉がありません。

「あなたは疲れているのね。私も疲れているの」と女は言いました。「しばらく仕事を休んで京都へ来ましょうか」

「それもいいな」

　男は呟きました。

　女は男のかたわらにやって来て、冷たい畳に座ります。彼女は男の膝に手を置いて、開いたままの窓を見上げました。「なぜ窓を開けているの？」と不安げに囁きました。

「桜が満開だから」と男は言いました。

「見にいきましょうか」と女は言いました。

　男と女は連れだって出かけました。

　夜が明けたばかりの哲学の道は相変わらずひっそりとして、満開の桜がどこまでも続いておりました。女がふいに「オンブして」と言いました。男が負ぶってやると、女は男の肩に頬を乗せて、「初めてあなたに会った時も、こうしてオンブしてもらったわね」と言いました。

「俺もそれを思い出していた」と男は言いました。「君はなぜだか酔っぱらっていて——」

「放っておいてって言った」

「覚えている？」

「覚えているわよ」

　女を負ぶって黙々と歩きながら、男は自分が確かに摑んでいたはずの世界がどこかへ消えてしまったことを考えました。それを何とか取り戻そうと思っても、男にはもうその在処《ありか》が分からないのでした。自分と女が過ごした時間のことを想い返し、自分がどこかで考え無しにそれを手放していたのだと考えました。それが女のせいだと言うことはできず、かといってこの淋しさに耐えていく勇気も男にはありません。女の意志に抗《あらが》って、失った何かを取り戻すこともできません。男には何を取り戻せばよいのか分からないからです。ただただ男は自分が情けなく、消えてしまいたいと思いました。

満開の花の下はどこまでも静かで、冷たい空気が張りつめています。背中にいる女の温もりは、男の意識から遠ざかりました。延々と続く満開の桜の下に男と女だけがいるのですが、その自分たちの姿もフッと消えて、ただ桜だけが散り続ける光景が浮かびました。そこにはもはや誰もいません。女と繰り返してきた口論や、女の陶器を鳴らすような笑い声や、見も知らぬ人間たちが作り出す喧噪も聞こえません。絢爛《けんらん》たる花の下は、まるで世界の果てのような荒涼たるところです。それが自分の到達点であり、自分が昔から恐がってきた場所なのだと、男はようやく悟りました。

桜の下で、男は女を背から下ろしました。そこはあの春、女が一人で座っていたベンチの前でした。女は同じようにベンチに座り、無邪気に男を見上げました。「ねえ」

と言いました。「しばらく京都で休んだら、また元の通りに小説を書いてくれる？　あなたの新作が読みたいわ」

男は首を振りました。男はもう女のことを書くつもりはありませんでした。そして女のことを書かない以上、男にはもう書くべきことは何もなかったのです。男がそう言うと、女は「これからどうするつもりなの？」と訊きました。

「分からない。何も分からない」

「それでも……私たちは一緒でしょう？」

そこでも男は首を振りました。

女は細い首を垂れ、顔を伏せました。淡い夜明けの光に輝いている女の髪へ、桜の花弁が舞い降ります。男がその冷たい髪に触れて花弁を払うと、女は小さな声で言いました。「私は何を間違っていたの？」

「君は間違っていない」と男は言いました。「俺が間違っていたのだ」

＊

京都には桜の名所がいくつもあります。

蹴上インクラインの桜のトンネルもよく知られていますし、円山公園は桜の季節ともなれば黒山の人だかりとなります。谷崎潤一郎『細雪』でも言及される平安神宮の枝垂れ桜は言うまでもありません。賀茂大橋近くの鴨川沿いにも桜並木が続き、学生たちが花見の宴を張ります。

けれども、ここでは「哲学の道」の桜並木に目を向けてみましょう。

まだ薄青い朝の空気の中で、かちんと凍りついたように続いている満開の桜の下はひっそりとして、物音一つしません。

桜の下のベンチに、一人の男が座っております。男はずいぶん長くそこにいるのでしょう、肩には降り注ぐ花弁が積もっています。男は初めて、桜の森の満開の下に一人でじっと座っております。彼はいつまでもそこに座っていることができます。なぜなら、彼にはもう帰るところがないのですから。

ひときわ強い風が吹き、盛大に花弁が舞いました。

やがて大勢の花見客がやって来て、満開の桜の下は賑わうことでしょう。

# 百物語

百物語
【ひゃく―もの―がたり】
発表：一九一一年「中央公論」
著者：森鷗外（一八六二―一九二二）
古来日本に親しまれる怪談会「百物語」（百の怪談を語り終えたとき、本物の怪が現れるという）を描いた作品。

*

それは私が大学四回生の夏のことだ。祇園祭の山鉾巡行《やまぼこじゅんこう》が終わってまだ間もない頃だったから、七月の下旬であったろうと思う。

当時私は、配属された研究室から逃げ出した後、語学研修に出かけていたイギリスから帰ったばかりだった。放棄した卒業研究にあらためて取り組むわけにもいかず、さりとてまだ働いているわけでもなかったから、時間だけは持て余すほどあったのだ。そうでなければ、たとえF君に誘われたとはいえ、あんな得体の知れない催しへ出向くはずがない。

これは私が百物語の催しに出かけた話である。

百物語というのは、大勢の人が座敷に集まって百本の蠟燭《ろうそく》を立て、怪談を一つ語り終わるごとに蠟燭を吹き消していくという遊びだと聞いたことがあった。私は、仏壇に立てるような白くて小さな蠟燭を思い浮かべていて、それでは怪談を語っているうちに最初の蠟燭は燃え尽きるだろうと思った。かといって、伏見稲荷で見かけるような、あの甘たるい匂いのする太い蠟燭を百本も立てるとなると、あまりに大げさで、今にも火事になりそうだ。そんな遊びができるものかと思っていたが、F君によると、蠟燭ではなくて灯心を百本ならべるという方法もあるらしい。しかし「灯心」と言われても、私は実物を見たことがないから分からない。

怪談をするたびに一つずつ明かりを消して、自分たちの身の回りを徐々に闇へ落とし込み、やがて来たるべき何かの気配へ心を澄ませていく。百物語はそういう不気味な遊びである。しかし、これもF君の受け売りだが、百本の明かりをぜんぶ消すのは無謀なことで、その決定的瞬間までは敢えて至らずにすませるものだそうだ。決定的瞬間とは、最後の明かりが消されて座敷が闇に没し、真の化け物が姿を現す時である。

＊

イギリスから戻って数日実家で過ごした後、私は京都へ帰ってきた。一ヶ月以上あけていた下宿の様子を見るためでもあったし、なにか長期のアルバイトを見つけるためでもあった。なによりも、さしあたっての指針も立たずに実家で無為に過ごすのが心苦しく、ともかく一人になりたかったためである。

当時、私が暮らしていた下宿は、北白川のバプテスト病院のそばにあった。

昼は街中をぶらぶらして、日暮れになってから下宿へ行ってみると、西陽の射す四畳半は夏の熱気をはらんで蒸し風呂のようだった。ほんの一ヶ月ほど離れていただけだが、その狭苦しい空間が無性に懐かしく思われた。自転車置き場に面した窓を開き、廊下に面したドアも開け放して、夕風を通しながら、読み慣れた本を書棚から抜き出してめくったりした。

夜はF君と会う約束になっていたので、私は日が暮れてから戸締まりをして、下宿を出た。落ち合う場所は北白川別当交差点の西南角にある「ジュネス」という喫茶店だった。F君は私が実家にいるときに電話をくれて、誘い出してくれたのである。

F君は学部で同じクラスだった友人で、話しやすい、陽気で楽観的な人だった。彼と喋っていると、世の中は悪いことばかりでもないという気がした。目の前に現れるものをすいすいと受け容れて、誰とでも友だちになる彼を、内に籠もりがちの私は羨ましく思っていた。もちろん、暢気《のんき》な学生時代も終わりつつあり、彼には彼の悩みがあったろうと思うが、その時の私にはそこまで気を回す余裕がなかった。

薄暗い喫茶店の隅で定食を食べながら、F君は卒業研究のことを話し、私のイギリス滞在についてあれこれ訊ねた。そのF君が百物語のしきたりについて話しだしたのは、食後の珈琲を飲んでいる時である。明日の夜に百物語をやろうという人がいるから行ってみないか、とF君は言った。

「森見《もりみ》君は、何か予定があるの」

「何もない。でも、行ってもいいのか」

「いいよいいよ。予定よりも参加者が少ないから、誰か誘えと言われた」

「それにしても阿呆なこと考えるな。誰が計画したの」

「鹿島《かしま》さんという人だよ。僕も会ったことはない」

F君は言った。「知り合いが彼の劇団にいるんだよ」

鹿島さんという人は、学生劇団の主宰者で、関西では有名な人であるということだった。F君は顔が広くて、いろいろな人から鹿島さんの噂を聞いていた。彼は一回生の頃に、友人とともに自分の劇団を立ち上げた。そして、次々と話題作を上演して名を挙げた。F君から話を聞きながら、泥絵の具で派手に塗り上げられた立て看板に、

「原作脚本演出・鹿島某」という字を幾度か見たことを私はぼんやり思い出した。

「百物語って、僕も怪談を話すのか。ちょっと無理だよ」

「いや。それは心配いらない。聞くだけの人間も大勢来る」

「じゃあ行ってもいい」

F君は人なつこい笑みを浮かべた。「では、明日の午後五時に真如堂に集合だからね」

「寺でやるの」

いやに本格的なので私が驚くと、F君は首を振った。「真如堂にいったん集まってから、開催地まで歩くんだ。どこでやるかは、当日まで秘密だって」

「まわりくどいことをするなあ」

「これも演出だよ」

閉店の時間になったので、我々は喫茶店を出た。別れ際にF君は、明日は用事があるから少し遅れるかもしれないと言った。「その時は電話するから」

私は暗く蒸し暑い坂道を歩いて下宿へ戻った。

なぜ私はあんな曖昧な集まりに顔を出そうと思ったのだろう。F君をのぞけば知り合いがいそうでもなく、居心地の悪い思いをするに決まっている。イギリスから帰国したばかりで、引っ込み思案がわずかに直っていたためだろうか。今の私であったら、顔を出すことはないだろう。

その年の春、私はいったん配属になった研究室へ行かなくなってしまった。学部時代をぼんやり何も考えずに過ごしてきたツケが回ってきたということで、ようするに何とかなるかと考えていたが何ともならなかったということだ。行くあてもないのに研究室を逃げ出して困惑する私に、父親が「外国にでも行ってこい」と言った。そこで両親に金を借りて出かけることにした。

それから一ヶ月イギリスへ行って、ロンドン郊外の家に暮らし、大英博物館のそばにある英語学校へ通っていた。語学研修といってもたいそうなものではなく、スペイン人やイタリア人に混じって半日学校にいれば、あとの半日は何もやることがない。はじめのうちこそ、あちこち巡り歩こうとしたが、そもそも私は観光というものが好きではないので、次第に飽きてきた。それよりは街中の公園で木陰に座り込み、古本屋で買った探偵小説をちびちび読んでいる方がよかった。それこそ日本で暮らしているのと大して違わない、気楽さをむさぼるだけのもったいない暮らしをした。

日本を飛び出して活躍できる大器ならばともかく、どう考えても器の小さい学生が外国でぐうたらしていても、問題の解決を先延ばしにしているにすぎない。今後一生、日本を傍観しているわけにはいかないからだ。気分も変わって何とかなるかと思っていたが、やはり何ともならなかった。イギリスの公園で寝ころびながら遠い日本を傍観しているというのは、誰も代理してくれない自分の人生を傍観しているということだ。

そんなことを考えながら私は帰ってきた。

*

F君に言われた通り、私は翌日の夕暮れに自転車で真如堂へ向かった。
真如堂には幾度か行ったことがあるので、場所は分かっていた。
今出川通から神楽岡通へ折れて、走っていった。右手には吉田山が迫り、左手は白川通に向かって斜面になっている。吉田山に陽射しをさえぎられて神楽岡通は薄暗い。ムッとする熱気に包まれた住宅街はひっそりとしており、民家の途切れたところで自転車を止めて左手を見ると、西陽に照らされた大文字山が見えていた。やがて狭くなる道をそのまま辿って、吉田山荘を過ぎてゆるやかな坂道を下っていくと、宗忠神社の長い石段下へ出る。そこで左に折れたつきあたりが真如堂である。

真如堂の門前に自転車を止めると、ほかにもちらほらと学生のものらしい自転車が置かれていた。すでに人が集まりだしているのかなと思ったが、人影はとくに見えず、ひっそりとしていた。吉田山をかすめて届く橙色の陽射しが、赤い門とそのかたわらに立つ松を鮮やかに照らしていた。寺を取り囲む壁の向こうには塔がのぞいている。なんとなく淋しく、懐かしいような感じがした。

早く着きすぎたと思った私は、門の向かい側にある小さな売店でアイスを買って涼んだ。そして煙草を吸いながら真如堂の門を見張っていたけれども、誰も姿を現さなかった。本当にここが集合場所なのかどうかあやふやになってきて、ひょっとするとF君の言葉を聞き違えたかと心配しているところへ、当のF君から電話がかかってきた。

「やっぱり僕は少し遅れるから、先に行ってくれ。もう真如堂に着いたかい」

「門の前にいるけど、誰も来ない。真如堂で間違いないか」

「そのはずだ。本堂のあたりに集まってるんじゃないかな」

そしてF君はなにか慌ただしい感じで電話を切ってしまったが、そもそも会場の場所が明らかでないのに、彼はどうやって来るつもりなのだろうと不思議に思った。

私は売店の軒先から歩き出した。

赤い門をくぐると、一番奥にある本堂まで、舗装されたゆるやかな上り道が続いていた。その両側から覆い被さるようにして木々が枝を伸ばしている。本堂に向かって右手には、苔の生えた木陰に木のベンチとテーブルがならび、休憩できるようになっている。

境内には、学生の姿がちらほらあった。境内の隅の塔の下でぼんやりしている三人組もいたし、ベンチに腰掛けている者たちもいる。本堂のまわりを所在なげに巡って時間を潰している者もいた。それは思い思いに暑さから逃れているといった風だったが、身をひそめてたがいの様子を窺っているような印象もあった。彼らはちらちらと私を見るのだが、こちらと目が合うと、ツィと視線をそらしてしまう。かといって仲間内で勝手に盛り上がっているような様子もなく、理由は分からないが神妙にしている。私は大学に入学したばかりの頃の、学部のクラスに漂っていた気まずい雰囲気を思い起こした。

歩いていくうちに、私は本堂を正面から上がる階段の中ほどに、やはり学生らしい男が一人でぽつんと座っているのを見た。目を合わせるのも気まずいような気がして、私はただ散歩に出かけてきたというように、ことさらゆっくり歩いていった。男は塔の頂きをじっと睨んでいるようだった。

私は本堂のわきに立って境内を見回した。

それぞれに群れているのは、知り合い同士の参加者であろう。そしてその幾つかの小集団の間には、なんのつながりもないらしい。よく考えれば、ただ真如堂の境内に集まっているというだけで、おたがいが百物語の参加者であるかどうか判然としない。わざわざ見知らぬ相手をつかまえて、「百物語に行くんですか」と訊ねるのも、唐突で気恥ずかしい。

白々しい雰囲気が境内に蔓延していて、しばらくは何の動きもなかった。

やがて門の方から、また一人の学生が歩いてくるのが見えた。その学生が目立ったのは、今どき珍しい、大きな麦藁《むぎわら》帽子をかぶっていたからである。ひどく痩せていて、暑苦しい恰好をして、目つきも鋭く、昔の文士のような風貌をしていた。歩くたびに真新しい麦藁帽子が西陽を受けてきらきら光った。彼は本堂へ向かってまっすぐ歩いてきて立ち止まり、麦藁帽子に手を添えて、こちらを少し睨むようにした。

「斎藤さん！」

木立の下にあるベンチから小さな声が聞こえた。「こっちですよ」

斎藤と呼ばれた麦藁帽子の男は、そちらへ顔を向けた。表情は仏頂面のままで、小馬鹿にするように鼻を鳴らした。そして腕を組んで、悠々と声を出した相手へ近づいていった。「まったく暇な連中だな」と聞こえよがしに言っているのが聞こえた。「斎藤さん、進行中の作品はどうですか？」と誰かが言うと、「いたるところ佳境だらけさ」と大声で応えている。変わった人だなと思った。

なにげなく私が振り向くと、日陰になって冷え冷えとした本堂の階段に座っている男が、笑みを浮かべていた。ふと私は彼に注意を引かれた。

その男はだいたい私ぐらいの背恰好で、取り立てて目立つ印象もない。地味な服装をしているが、むさくるしいわけではない。かといって風采が上がるわけでもない。一度軽く見ただけでは、次の瞬間には忘れてしまいそうな顔をしている。しかし彼が私の注意を引いたのは、彼が頬に浮かべている独特の笑みのためであった。無理に笑っているようなぎくしゃくとした感じがあって、思わず漏らした笑みというような気がしなかった。もう一つ私の注意を引いたのは、男の目である。それは、満遍《まんべん》なく境内を見張るようにしている血走った目であった。何もかも見ているようでありながら何も見ていないのではないかと思われた。なぜそんな風に思ったのか、よく分からない。

私が見ていることに気づくと、男の笑みは水が砂に染みこむようにスウッと消えた。

＊

劇団の人間が境内に姿を現し、白けきった空気がようやく動いたのは、五時をまわった頃だった。その男は、今まで隠れて我々を窺っていたかのように、南側の墓地からやってきた。金髪に染めた髪とひょろひょろの身体に似合わない着流し姿が妙ちくりんで、墓地に面した小門をくぐって彼が境内へ現れたときにはギョッとしたが、これも鹿島さんの企んだ演出なのだろうと思った。

彼は本堂の前に立って手拭いで汗をふき、境内の学生たちを呼び集めた。散らばっていた者たちが三々五々集まってきた。

「百物語の會《かい》は、鹿《しし》ヶ谷《たに》法然院町のお屋敷で開かれます。少し距離がありますが、ここから皆さんには歩いて頂くことになります」

不平を漏らすような声がかすかに上がったけれども、世話人の男は一向に気にしていないようだった。暑ければこれでしのげとでも言うつもりか、高島屋の紙袋から「百物語」と筆で書かれた団扇《うちわ》をたくさん取り出して、参加者たちに配った。そして先に立って、サッサと一人で歩き出した。俺は鹿島さんの命令でしょうがなくおまえらに付き合ってやっているんだ、とでも言わんばかりであった。いずれにせよ、会場の所在地が分からないのだから、他の者は後をついていくしかない。少しは盛り上がるかと思われた空気は、また白けきったものに戻った。

着流し姿の男に連れられて、ずらずらと長い行列になって歩いていった。本堂の裏手に回ると陽の光が遮られて薄暗く、ひんやりとした木立の中に蟬の声が降っていた。そこから白川通へ下る、めったに人も通らない抜け道を、大勢のむさ苦しい大学生たちが辿っていく。私は例の麦藁帽子の後ろについて歩いた。彼はかたわらの男へ、声高に説教めいたことを口にしていた。

真如堂の境内を裏へ抜けて狭い坂道を下るまでは平気だったが、白川通へ出るあたりから暑さが苦しくなってきた。私は額に湧き出す汗の粒を拭いながら歩いた。行列につらなるほかの連中も黙しがちで、バタバタと無言のうちに振られるたくさんの団扇が、参会者の苛立ちをますます煽るようだった。

埃っぽい白川通で信号待ちをしているとき、着流しの男が振り向き、面白くもなさそうな顔のまま、集まった我々の頭数を勘定するような仕草をした。いかにも我々を馬鹿にしているような感じだったので、麦藁帽子は舌打ちをした。私もそこに集まっている顔ぶれを見回した。だいたい十五人ぐらいだったと思うが、先ほど本堂の前に座っていた妙な男の顔はなかった。参加者だと思い込んでいたが違ったようだと私は思った。

我々は白川通を渡って、西陽に包まれる蒸し暑い町中を抜けていった。


法然院町と言われても、どこまで歩くのか分からない。先導する世話人は、我々をからかっているのか、あるいは百物語にふさわしい気配を演出したいのか、細い道をぐねぐねと縫うようにして歩いていく。橙色の西陽に包まれていると、頭がぼんやりとして、いっそう暑苦しく感じる。東につらなる山々の緑の濃い斜面が強い陽射しに照らされて、手に取るようにありありと見えた。歩いているうちに面倒になり、ここでふいっと行列から離れて、待ち受ける阿呆な行事を目指してぞろぞろと歩く連中を見送ったら愉快だろうと思った。べつにそれでもかまわないし、F君だって怒りはしないだろう。しかし、なんとなく踏ん切りがつかなかった。電柱に、まるで葬式のような黒枠を印刷した悪趣味な貼り紙があって、「百物語」という字の下に方角を指す手が描かれているのを見た。

ほとんど無言のまま、不機嫌な顔をして町中を抜けていく我々はさすがに人目を引いたらしく、二階に夏簾《すだれ》のかかった民家を通りかかったとき、玄関の前に立っている子どもがポカンと口を開けて我々を眺めていた。やがて彼は、思いついたように「阿呆！」と怒鳴って、家の中へ駆け込んだ。
我々が法然院町の屋敷に到着したのは、六時前である。

＊

そこは板塀をめぐらせた大きな古い屋敷であった。表の冠木《かぶき》門から玄関までは石畳が敷かれていた。百物語という時代錯誤なお遊びには似つかわしいが、面白がって開くだけの催しに、これだけの舞台を用意する鹿島さんというのはどんな人だろうと私は思った。

行列の一番最後だったので、私が門をくぐる時は、ほかの連中は玄関に靴を脱いで屋敷へ上がっているところだった。脱ぐのに手間取って玄関先が混み合っている。私は門を入ったところで立ち止まり、山から聞こえてくる蟬の声に耳を澄ませた。

冠木門から入って右手に植え込みがあり、その隙間を奥へ抜けられるようになっていた。そこから、浴衣姿の男女が出てきて、「あれは気持ち悪いわ」というようなことを言い合いながら、冠木門をくぐって外へ出て行った。私はなんの気なしに植え込みを抜けて、奥へ踏み込んでみた。

そこは土が剝き出しになったじめじめした一角で、こんな古い屋敷にはあまり似合わない、なんの変哲もない物置が置かれていた。覗いてみると蒼白の顔がぶら下がっていたので一瞬ギョッとしたが、よく見ればそれはマネキンに手を加えた作り物の幽霊だった。

その時、土を踏みしめる音がして、人影が私のかたわらに立った。

ひょっとすると関係者以外は見てはいけなかったのかと思って軽く頭を下げて戻ろうとすると、人影は、先ほど私が真如堂の境内で見かけた男であった。彼は私を気にする風でもない。私が場所をあけると、男は猫背になってヌウッと首を伸ばすような恰好をし、物置を覗きこんで鼻を鳴らした。

玄関へ入って履き物を脱ぎながら、私は今夜の百物語という行事の正体が、意外に底の浅い、つまらないものらしいと分かってガッカリした。怪談を披露し合って不気味な気分にさせておいて、あの作り物の幽霊を出して怖がらせるだけでは、ただの肝試しと変わらない。F君から話を聞きながら私が期待した「百物語」とは違ったものであるようだ。

ほかの連中はどこに行ってしまったのか分からない。濃厚な線香の匂いが漂ってきた。玄関のわきにある座敷から声がするので覗いてみると、浴衣姿の人たちが顔を寄せ合っていた。そのうちの一人が「だから、それは俺が分かってるよ」と低い声で言っている。「心配ないって。うまくやるから」

私がまごまごしていると、そのうちの一人が何か用かというように立ち上がった。

「参加者の方はそちらへ廻ってもらえますか。庭に面した座敷です」と言った。私は礼を言って、その場から離れた。おそらくそこは楽屋で、集まっている連中は世話人を務める劇団員たちであろう。

私は言われたように廊下を歩いて、庭に面した座敷へ出た。

襖が取り払われて広々とした座敷には、思いのほか大勢の人が集まっていた。真如堂にいた連中は、参会者のごく一部だったのだと知った。座敷だけでなく、廊下や縁側にも、めいめいが勝手に座り込んでいる。座敷の中央には大きな薬缶《やかん》と紙コップが置かれている。床の間には、柳の下の幽霊を描いた掛け軸まで掛かっていて、呆れるほど芸が細かい。縁側の向こうには、小さな池や灯籠のある庭が見えていた。私は身をかがめるようにして混み合った座敷を抜け、縁側に近い隅に座を占めた。

落ち着いて見回してみると、真如堂境内に漂っていた白々しさは、この座敷にも蔓延していた。数人の連中が仲間内で顔を寄せ合うだけで、小さな集まりの間にはやりとりがない。仲間内の遠慮がちな会話も長くは続かないようだ。誰もかれも、何をどうすればよいのか分からないといった感じで、他の連中をしきりに盗み見るようにしている。なんとなく面白いことになりそうだと集まってはみたが、意外に盛り上がらず、期待が大きかった分いっそう白けてしまって、それなのに誰もが淡い望みを捨てきれずにずるずると居続ける――これは長引いた宴会などにしばしばあることで、この座敷の印象がまさにそれであった。

私は庭に目をやった。瀬戸物の容器に入った蚊取り線香から煙が上がって、懐かしい匂いが流れていく。山を照らす西陽に夕焼けの色が混じり、雲も桃色に染まっていた。庭の向こうに広がる町はひっそりとしている。

そのままぼんやりしていると、背後で喋っている人たちの声が耳に入ってきた。

「踊る阿呆に見る阿呆だね」

「暑苦しくて、うんざりだ。お茶もぬるいし」

「この暑いところに、趣きがあるのが分からないか。麦酒《ビール》も怪談も同じだ。暑苦しいところを我慢したあげくやるから味がある」

「芹名はいい。そういうマゾヒスティックなところがあるから。でも俺はもう飽きちゃった……」

「芽野君は熱しやすく冷めやすいね」

その声に聞き覚えがあると思って私が振り向くと、F君があぐらをかき、笑いながら団扇を使っていた。「F君」と私が声をかけると、彼はこちらを見て驚いた顔をした。

「あ、そんなところにいたのか。静かすぎて全然気づかなかった」

F君は二人の男と差し向かいになっていた。彼らは詭弁論部に所属する、芹名と芽野という男だった。芹名は銀縁の眼鏡を光らせて頭を下げ、芽野はなんだか眠そうな顔をして庭を見ていた。F君は、真如堂ではなく、ほかのグループにくっついて、屋敷へ辿り着いたのだという。「電話しようと思ってたんだけど忘れちゃって」とF君は申し訳なさそうに笑った。「ところで、鹿島さん見た？」

「どうかなあ。分からない」

「やっぱり、どんな人か興味があるからねえ」

F君は首を伸ばして広い座敷をきょろきょろ見回した。「このお屋敷は鹿島さんの親戚のお宅だそうだよ。やっぱりあの人は、ただ者じゃないね」と小さな声で言った。

私はF君と詭弁論部の芹名と芽野と話し始めたが、私が加わったとたんに会話のリズムが崩れてしまったらしく、やはり我々も黙しがちになった。これから行われる百物語について意見を交わし合ったが、話せば話すほど馬鹿馬鹿しい気がする。やがて芽野は壁のそばでつまらなそうに横になった。

私は便所へ行くという口実で立ち上がった。

廊下の奥にある便所へ行って戻ってくると、F君や詭弁論部員たちは他の人を交えて、また話をしているようだった。わざわざ自分の居た場所へ戻ってまた調子を狂わせるのも面倒だと思って、座敷の隅に座り込んだ。私はだんだん、本当に帰りたくなってきた。

しばらくしてから、F君が立ち上がって私のところへ来た。

「他にも知り合いがいるから、紹介しようか？」

「いやあ。いいよいいよ」

F君は頷くと、人の隙間をすり抜けて歩いていった。誰か目当ての人がいるらしい。

＊

世話人が座敷へやって来て、「百物語を始める前にお食事があります」と言った。そうして、座敷の明かりをつけた。

おしぼりが大きな盆にのせられて運びこまれた。私は一本取って、汗でべたつく顔を拭った。大勢の世話人が弁当を積み重ねて持ってきたので、座敷がようやく賑やかになった。混雑するから後回しにしようと思って私が縁側へ出て夕風に吹かれていると、F君が私の分まで持ってきてくれた。

「まったく世話が焼ける」

F君が言うと嫌みに聞こえなかった。

彼は鈍い金色に光る薬缶をぶら下げていて、紙コップに麦茶を注いでくれた。いそいそと立ち働いて、他の連中にも注いでまわっていた。そうして一段落つくと、私のそばまでやってきて、ようやく自分の弁当に取りかかった。

「この晩飯代はどこから出てるの」と私は訊いた。

「そういえば会費を払っていないね」

F君はあまり気にしていないようだった。

芽野と芹名がやってきて、我々のそばに腰を下ろした。そうして、黙々と二人揃《そろ》って弁当箱の蓋を開けた。芹名は割り箸を念入りにこすり合わせて、ささくれを取っている。そして手元を見つめながら、「さっき永田さんがいたぞ」と言った。「あの人も物好きだな」

「永田さんって誰よ」と芽野が言った。

「一乗寺杯、忘れたか。先月おまえも来たろ」

「ああ、麻雀の永田さんか。どこにいる」

芽野はあぐらをかいたまま伸び上がって、しばらく目をきょろきょろさせていたが、やがて「永田さん」と声を出した。座敷の向こうに一人の男が弁当を手に立っていて、座る場所を探していた。彼は芽野の声に気づいてこちらを向くと、にっこりと笑い、かたわらにいた男女を誘って座敷を横切ってきた。「やあ。こんにちは」と彼は柔らかい口調で言った。「ここに座ってもかまわないかな。どうも人が多くて」

永田が座ると、彼が連れていた男女も腰を下ろした。女はちょっと気圧《けお》されてしまうような美人だったので、私は思わず見惚れてしまった。彼女は弁当を膝に置き、眉をひそめるようにして隣の男に耳打ちをした。男は小さなメモ帳を握ったまま振り返り、「斎藤さん、斎藤さん」と言った。麦藁帽子と弁当をぶら下げて座敷の隅にぬうっと立っていた男が、腹立たしげに頭を振り、こちらへ座敷を渡ってきた。彼は薬缶を蹴飛ばしてお茶をこぼしたが、傲然とそれを無視して歩いてきた。縁側にいた私を押しのけるようにして座り、「まったく暑くてかなわんぞ」と言った。

よく分からないままに組み込まれてしまった小集団の隅で、私は肩身の狭い思いをしながら弁当を食べた。初めのうちは全員そろって黙々と弁当を食べているだけだったが、F君が「鹿島さんって、どんな人ですかね」と言った。皆が箸を動かすのを止めて、たがいの顔を見守るようにした。そこに居並んでいる者たちの中には、鹿島さんと面識のある者が一人もいないと分かった。

「鹿島さんは有名だけど、表に出ませんね」

「俺も舞台は見たことがあるけど、鹿島さんは見たことがない。劇団の実務をやっているのは、深淵《ふかふち》さんという人だ。あの人は主演もするからな。劇団を立ち上げたのは鹿島さんと深淵さんの二人だという話を聞いたことがある」と芹名が言った。

いち早く弁当を食べ終わった芽野が団扇を使いながら言った。

「仕掛けを用意して、裏で糸を引くのが好きなんだな。まあ、その方が面白いさ」

「鹿島さんがゲリラ演劇をしたのは覚えているよ」

永田が言った。「あれは僕が一回生の頃だ。斎藤君も覚えてるだろう」

「俺はご存じないな。そんなものには興味がござらん」

「君は学園祭なんぞ行かなかったか。鹿島さんはね、学園祭期間中に『ゲリラ演劇』というものをやったんだよ。とくに舞台を決めるのではなくて、大学構内のあちこちでいきなり始まる劇だ。僕もいくつか上演してるのを見たし、奇抜で面白かったな」

「劇団の人から聞きましたけど、そのときも鹿島さんは計画を練るだけで、劇団員を率いたのは深淵さんだったらしいですね。鹿島さんは大学の外から指示を出していたとか」

F君が言うと、「筋金入《すじがねい》りの裏方だな」と芽野が呆れた。

しばらく沈黙が下りた。

私は弁当から顔を上げて、縁側を中心に座っている連中をぼんやりと見回した。ふいにピントが合うようにして、斎藤とF君の間であぐらをかいている男の姿が目に入った。いつの間に我々の集団に入り込んだものか分からない。男は弁当に手をつけるわけでもなく、かたわらの斎藤やF君と言葉を交わすわけでもない。少し前屈みになるようにして、目前の空間を凝視していた。我々の間で交わされる会話に耳を澄ませているようでもある。あまり特徴のない顔に、うっすらと笑みが浮かんでいるが、それが本当に笑みなのかどうか、今ひとつはっきりしない。ただ頬がひきつっているだけにも見えるのだ。そして男の目は、まるで徹夜明けであるかのように血走っていた。それは、真如堂で見かけて以来気になっていた、あの妙な男であった。

「深淵さんというのはどういう人ですか」

私の向かいに座っていた女が澄んだ声で訊ねた。連れの男はうつむいて、メモ帳にペンを走らせている。鹿島さんの謎について何か書いているらしい。

「まあ、劇団を切り盛りする人だからな。誰が見ても、一目でリーダーだと分かる感じの人だ。もちろん、頭もキレそうだった。ひょっとして鹿島さんという人物は実在しなくて、深淵さんが作った架空の人物なんじゃないか。俺はそう思うけどね」

「芹名君、それは違うよ。鹿島さんは演出するときに、劇団員とは顔を合わすから」

「しかし、よく考えれば、それが鹿島さんであるという保証はどこにもないね」

永田がF君に向かって面白そうに言った。「それは替え玉かもしれないよ」

「でも、そんな凝ったことをしますかね。そんなことをして何の得になるの」

「僕は聞いたことがある。劇団員たちは鹿島さんがどういう人なのか述べようとしたとたんに、言葉に詰まるというんだ。愉快な人なのか、愛嬌のある人なのか。それとも冷たい人なのか、恐い人なのか。それが分からないそうだ。身近な人がみんなそう言うらしいよ」

永田はそう言って、我々の顔を見回した。

聞けば聞くほど鹿島さんは得体の知れない人間に感じられてきた。それは私の刹那《せつな》的な感想ではなくて、有名劇団の原作脚本演出を担当する鹿島という男について、これまで大勢の人が抱いてきた実感らしかった。関西指折りの学生演劇集団として有名になっていくほど、まるで摑みどころのない「鹿島さん」という名だけが広がっていく。その景色には、仮面をつけた男が無限に増殖していくような薄気味悪さがある。

私は茶を飲んで、蚊取り線香の匂いを嗅いだ。空は澄んだ紺色に変わってきている。時折涼しい風が吹いていて、土の匂いがする。ぼんやりと目をさまよわせていると、血走った目のまま目前を凝視して動かない男の姿が、また目に入った。

「ま、変わった人だよな。フクザツだ」

芽野が大ざっぱな結論をつけて、あくびをした。

*

座敷の隅でカメラをかまえていた男が、縁側に居並んでいる我々の方を向いて、「おや」と声を上げた。「斎藤さんではないですか」と言いながら、こちらへ歩いてきた。

「鵜山か」

斎藤がつまらなそうに言った。「俺を撮るな」

「先日はどうも。おや、永田さんも」

「やあ。こないだは鵜山君、さんざんだったね。なんでカメラなんか持っているの。

映画撮影かな」

「これはただのお遊びですよ」

「ひょっとして、最後に出てくる化け物を撮るつもりかい」

「そんな阿呆な」

私が隠れるようにして茶を飲んでいると、立ち上がってかたわらに来たF君が、

「君はいつもそんな感じだね」と言った。「こういう場がきらいだろう」

「そんなことはない」

「でも、あんまり楽しそうには見えない。いつもなんだか一歩引いているだろう。宴会でもね、ふと気づくと、君がぽかんとして、ちょっと自分だけは違うというような感じでこっちを見てることがあるよ」

「そんな偉そうにしてるつもりはない」

「悪いと言ってるんではなくてね、なんとなく淋しそうに見えるなあというだけ」

「淋しいことは淋しい」

私は言った。「しかし、これはもうしょうがないな。自分ではどうにもならない」

これまでの日常を振り返ってみると、自分は大学生活というものをおおかた舞台袖から眺めて暮らしてきたのだという気がした。熱心に部活や勉強に打ち込む連中を横

から眺め、大学生らしい馬鹿騒ぎをする連中を横から眺め、恋愛に右往左往する連中を横から眺めて過ごした。私はつねに、何事かに「参加していない」と感じていた。何事かに参加しなくてはならないという義務感に駆られることを、私は漠然と嫌っていたのだが、そういう自分を不思議に思うこともあった。いつの間に私はそんな風になったのだろう。それとも、誰もが似たり寄ったり、同じような感覚を持つのだろうか。自分は充実した生活を送っていないのではないかというような、平凡な悩みだろうか。となりの芝生は青く見えるということだろうか。

有名な劇団を主宰し、いかにも大学生らしく馬鹿馬鹿しい「百物語」という企画を立てる人は、きっとエキセントリックで目立つ人だろうと思い込んでいたのは考えが浅かったと私は思った。鹿島さんはそんな分かりやすい人ではないようだ。芹名が探偵小説的に推理してみせたように、「鹿島さんは存在しない」とまでは思わないが、しかし鹿島さんの徹底した身の隠し方には、異様な気迫を感じた。

私は一人の男を想像した。盛り上がる表舞台の熱狂から断固として身を隠し、舞台袖からそれを見つめ続けている男。そして彼には顔がない。ただ血走った目ばかりがある。

ただ何となく傍観者の地位に踏みとどまったのが私だとすれば、鹿島さんは自らその道を選んだ人なのではないか。彼にはどこか悪魔的なところがある。裏で糸を引いている演劇にせよ、今宵のような百物語の催しにせよ、それは彼にとって人間を眺めるための大がかりな実験であるような気がした。何かを漠然と期待して学生たちが集う屋敷は、鹿島さんの掌《てのひら》の上だ。盛り上がるにしても、白けるにしても、鹿島さんにとって大した違いはない。彼には、この催しの中心に居座って楽しもうという魂胆が、初めからないのだ。

彼は決して主役にならない。脇役にさえならない。その存在を誰も気づかない。

彼は舞台から離れたところにいて、冷ややかな笑みを浮かべている。自分が仕掛けた舞台の上で繰り広げられる一切の騒ぎを、冷徹に見つめている。その血走った目で――。

＊

日は暮れていく。

私は考えごとに耽っていたので、斎藤が声を高くして口論を始めたときには、いったい何が起こっているのかよく分からなかった。私の向かいに座っている女が、斎藤に向かって「そんな言い分、通用しない」と言い放つ。「なんだと」と斎藤が膝を立てる。

女のかたわらにいる男は泣きそうな顔をして宥《なだ》めているが、両者の対立は収まらない。斎藤はますます激高するばかりで、言い返す女は冷え冷えとした顔をしていた。ただならぬ剣幕が座敷全体に伝わって、座り込んでいる連中が「なにごとか」というようにこちらを見やる。

斎藤は薬缶から注いだ麦茶を一息に飲み干し、「さらばだ」と叫んだ。「こんな、くだらない騒ぎに付き合うのはごめんだ」

「斎藤君、まあまあ。落ち着きなよ」

永田が静かな口調で言うのも聞かず、斎藤は麦藁帽子を掴んで立ち上がり、疾風のように座敷を横切っていった。廊下を踏み鳴らす音が聞こえてきた。座敷中がその遠ざかる足音に耳を澄ませた。気まずい沈黙があたりを包んだが、女は意に介さない風である。彼女の連れらしい男は困った顔をして、手元のメモ帳を覗き込んでいる。芹名は文庫本を読んでおり、芽野は畳に横になって眠っている。永田は蚊取り線香の容器を手元に引き寄せて、灰をつついている。その時になってようやく気づいたのだが、斎藤のかたわらにいたはずの真如堂の男は消えていた。

やがて座敷はまた遠慮がちなざわめきを取り戻した。

「百物語はまだ始まらないのか」と私はF君に訊ねた。

「さっき楽屋の方がざわざわしてたから、もうすぐだよ」

「じゃあ、始まる前に便所へ行っとく」

青いタイル張りの古い便所には人影はなかった。

手を洗ってから、私は曇り硝子《ガラス》の窓を少し開いた。窓の外にはまばらに竹が植わっていた。日はすっかり暮れ、窓からは涼しい風が吹き込んでくる。

そこで座敷のざわめきを聞いているうちに、何かやるせない、淋しい気持ちになった。このまま座敷へ戻って、よく知らない連中に混じり、丑三《うしみ》つ時《どき》まで居続けることがたまらなく億劫になってきた。どうせ延々と怪談を聞いた挙げ句に待つ落ちは、物置に隠されているマネキンであることも分かっている。強いて一切を見届ける必要はなく、ここから先は想像する方が面白いのではないか。成り行きとはいえ、さっさと出て行った斎藤が羨ましい。こっそり屋敷から抜け出して、哲学の道を辿って下宿へぶらぶら帰ることを想像すると、それだけでせいせいするような気がした。

そういう風に考えるから自分は駄目なのだと分かってはいたが、ひとたび「帰りたい」と思いだすと、いつも抑えがきかない。斎藤氏にならって俺も逃げよう、と決めた。そうすると、うっとうしい気持ちが急に晴れるような気がした。

戻って廊下から座敷をのぞくと、世話人が立ち働いて弁当の片づけを始めていた。いよいよ百物語の會の幕が上がるようだった。F君には何も言わないことにした。引き留められると抜け出しにくくなるし、彼には知り合いも大勢いるようだから、私がいなくても気まずい思いはしないだろう。

楽屋から歩いてくる世話人たちと入れ違いに廊下を抜けた。手ぶらのまま急いで靴を履き、玄関から外へ出た。空は深い紺色である。すぐ近くで、夜の蟬がじわじわと鳴いている。日が暮れてしまうと、東に迫っている真っ黒な山影がこちらへ覆い被さってくるようで、息苦しく感じられた。

石畳を歩いて冠木門をくぐった時、屋敷の表に人影があるのに気づいた。門についている電球が投げかける弱い光の中に、あの真如堂の男が立っていた。

私が軽く頭を下げると、彼は「帰るのか」と言った。

「ちょっと急に用事が入って」

ふと私は思いついて言った。「鹿島さんに会いもしないで申し訳ないけど」

男は腕組みをしたままぼんやりと私の顔を眺めていたが、やがて「べつにいいよ」とつまらなそうな声で言った。「鹿島は俺だ」

「ああ、そうか」

私は少しの間、目前にいる彼を見ていた。鹿島さんはその血走った目で私を見返し、「じゃあな」と言った。「いいから行けよ」と手で払うような仕草をした。

ようやく私は我に返った。「ああ。それじゃ」

私は両側に板塀の続く狭い坂道を、疏水を目指して下っていった。

屋敷の板塀が尽きるところで、私は足を止めた。

振り返ってみると、鹿島さんはまだ冠木門の前に立っていた。何をしているのか分からない。薄暗い路地の彼方に、電球の明かりに照らされた彼の横顔が浮かんでいた。彼は少し背を曲げて、首を前へ突き出すようにしていた。手が何かを摑もうとするかのように、胸の前で妙な動きをしていた。屋敷からは明るい光が漏れ、大勢の学生たちが作るかすかなざわめきが聞こえてくる。

坂の下に立ち尽くしたまま、私は鹿島さんを見つめていた。

いよいよ百物語が始まるのであろう、屋敷の明かりが一つずつ消されていって、やがてすべて消えてしまった。先ほどまでのざわめきが嘘のように、屋敷はひっそりと静まり返った。まるで座敷を埋めていた学生たちが、一人残らず消えたかのようだ。

そして気がつくと、冠木門の前で屋敷内を覗くようにしていた鹿島さんの姿も、いつの間にか消え失せていた。

闇に沈んだ化け物屋敷を後にして、その後に屋敷で起こるあれこれに思いを巡らせながら、私は疏水を辿って帰路についた。

深い紺色の空には、星が瞬《またた》き始めていた。

＊

数日後にF君と会ったので、あれからどうなったのか訊いてみた。F君は私が途中で帰ったことを気にしてはいなかったが、「けっこう面白かったのに」と言った。

「劇団の人たちが百物語をやって、不気味で上手かったよ。怪談をしている最中に、雨が降ってきたりさ、悲鳴が聞こえてきたりする。その後に屋敷の二階で肝試しもあったしね。劇団の大道具係が仕掛けを作ってるんだから、これも凝っていて面白かった。もう少し我慢してれば良かったんだよ」

「まあね。なんだか億劫になっちゃってな」

「本当にすごかったのは、肝試しの終わり頃だよ」

そこでF君はにやにやと思い出し笑いをした。

「芹名君は銀縁の眼鏡なんか掛けてクールな顔をしているけど、筋金入りの恐がりなんだ。芽野君とか、僕とか、永田さんには肝試しに行かせるのに、自分は行かない。それで宥《なだ》めすかして、行かせたわけだね。蒟蒻《こんにゃく》がぶら下がってたり、襖に変な模様が浮かび上がったり、伸び縮みするケモノみたいなものが足下を駆け抜けたりして、そのたびに芹名君が絶叫して、階下は大爆笑だったよ」

「可哀想なことするなあ」

「いや、でも面白くてしょうがないんだもの。一番奥にある座敷の床の間に、位牌と髑髏《どくろ》があって、そこに木魚《もくぎょ》が置いてある。それをぽくぽく叩かなくちゃ駄目なんだね。その座敷には蚊帳《かや》が吊ってあって、妙な女の人が布団にもぐって唸っている。蚊帳というのは初めて見たけど、変な雰囲気があるもんだね。芹名君が歯を食いしばって木魚を叩いているうちに、女の人が起きあがって、蚊帳から出てきてね、それで顔を見たら、これが、凄い迫力のメイクをしている。芹名君、その女の人を渾身の力で突き飛ばしたんだよ。そしたら彼女が行灯《あんどん》を蹴倒しちゃって、これがまた本式のものだったからメラメラ燃えた。炎を見た彼女が絶叫して、炎に照らされる彼女の特殊メイクを見た芹名君がまた絶叫して、何事かと出てきた裏方が燃え上がる小道具を見て絶叫して、それを聞いた階下の連中が駆け上がってきて絶叫して、もう阿鼻叫喚《あびきょうかん》のバケツリレー。鎮火するまでにだいぶ焼けたね」

私は呆れた。「洒落にならないな。鎮火できて良かった」

「うん。面白かったけど、あれはコワかったね。べつの意味でさ」

F君はしばらく笑っていたが、ふと思い出したように言った。「そういえば世話人やってた友だちに聞いたんだけど、あの日、けっきょく鹿島さんは来なかったらしい。あれだけお膳立てしておいて、やっぱり妙な人だよ」

「鹿島さん、来てたよ」

「あれ、森見君は会ったの」

「いたじゃないか。弁当を食ってる時」

「どこにいたかな。覚えてない」

「君と斎藤の間に、いつの間にか座ってたよ」

私は鹿島さんの風貌を語ろうとしたが、彼の顔や服装は漠然として捕らえどころがなく、懸命に説明しようと躍起になればなるほど嘘くさくなった。F君が信じないのも無理はなかった。自分の右に座っていたのは斎藤で、左は芹名で、それは弁当を食べ終わるまで変わらなかったとF君は言い張った。

「あの火事騒動の時も、屋敷の畳を焦がしちゃって、後から鹿島さんになんて言おうって楽屋の人たちが相談してたからね。わざわざ屋敷まで来てたんなら、なんで黙って隠れているの。だいたい鹿島さんが座敷にいたなら、出入りしている世話人が気づくと思うよ」

そう言われてみれば確かにそうなのだった。いくら鹿島さんが目立たぬようにしていたとはいえ、客に混じって座敷に座っていたのはさすがにおかしい気もする。

それならば、あの真如堂からついてきた男、冠木門の前で私に「鹿島は俺だ」と名乗った男は、いったい何者だったのであろう。彼は鹿島さんではなかったのか。けれども、私にそんな嘘をついても、何の得にもならないのだ。

それとも、あれは本当に鹿島さんであったのだろうか。あの後も、鹿島さんはそれと気づかれずに座敷の隅に身をひそめ、百物語に興じる学生たちをじっと見つめていたのだろうか。

あの暗い路地の奥で、ぽつぽつと明かりが消え始める屋敷を、首を伸ばすようにして覗いていた男の横顔を、私はもう一度思い返そうとした。

# あとがき

ここに選んだ短編は、必ずしもその作家の最高作と言われるものとはかぎらず、さらに言えば、個人的に一番好きな短編を選んだというわけでもない。名の知られた古典的短編の中から、読んでいて何かを書きたくなった作品という基準で選んだので、たいへんワガママな選び方になった。

現代に置き換えて書くにあたっては、原典を形づくる主な要素が明らかに分かるように書こうとした。個々の作品について細かいことを説明すると興ざめだけれども、とくに私を惹きつけたのは次のようなところである。

「山月記」は、虎になった李徴の悲痛な独白の力強さ。「藪の中」は、木に縛りつけられて一部始終を見ているほかない夫の苦しさ。「走れメロス」は、作者自身が書いていて楽しくてしょうがないといった印象の、次へ次へと飛びついていくような文章。「桜の森の満開の下」は、斬り殺された妻たちの死体のかたわらに立っている女の姿。「百物語」は、賑やかな座敷に孤独に座り込んで目を血走らせている男の姿である。

私には「文学」というものが何なのかよく分からないけれども、「文学史」というものに対する漠然とした憧れだけはある。傲慢なことをやったとは思っているけれども、こういう形で、文学史に名を残した人たちの名と自分の名を強引に結びつけることができたのは嬉しいことだ。今はただ、原典を愛する人たちに大目に見てもらえること、またこれをきっかけにして原典を手に取る人が増えることを祈るのみである。
この連作は祥伝社の渡辺真実子さんの提案があったからこそ書いたものである。次の短編に何を選ぶか悩むのも楽しいことだったし、すでに確固としてある作品に背を押されるようにして書くのも楽しいことだった。きっかけを与えてくださった渡辺さんに感謝する。

二〇〇七年一月十五日

森見　登美彦

# 文庫のためのあとがき

これらの小説を書いたのは、二〇〇五年から二〇〇六年にかけてである。なにゆえ書いたかというと、寺町通の地下にある喫茶店にて、祥伝社の渡辺さんとお話をしていたところ、「過去の名作を現代に置き換えてみませんか」という提案があったからである。

たいへん無謀な企《くわだ》てだった。

古典的名作を勝手に改変するのだから、「何の権利があっておまえはそんなことをするのか」と怒る人があるに決まっている。これは確実なことだ。名作は長い時間をかけてさまざまな人間に読まれてきたからこそ名作と言われるのであって、それだけ多くの読者の愛を背負っている。愛が重すぎる。わざわざ現代に置き換えて我流に語り直しても、喜ぶ人は誰一人いないかもしれない。自分自身について考えてみても、どこの誰とも知らん人が自分の愛読してきた名作を妙な風に書き換えて平気な顔をしていたら、「何の権利があっておまえはそんなことをするのか」と怒るだろう。

誰かに怒られるくらいならば三度の飯を抜かれた方がマシという私のような現代ッ子が、なにゆえこのような暴挙に及んだかというと、三つ理由がある。

一つは、孤高の腐れ大学生を主人公にして「山月記」を書くというあまりにも魅力的な提案に、どうしても抗《あらが》えなかったこと。もう一つは、こういった古典的名作の書き換えは「物語を書く」という商売では、むしろ王道であるはずだと思ったこと。最後の理由は、もし誰かに叱られたところで失うものは何もなかった、ということである。

そういうわけで私は名作を読み返しながら、これらの小説を書いた。

ところで、読むことと書くことの間の線引きは難しい。よくよく考えると、じつは読むようにして書いていたり、書くようにして読んだりしているものだ。ニワトリが先かタマゴが先かといった感じで曖昧《あいまい》だが、そのこんぐらかっている薄暗いところに何か秘密がありそうである。『新釈　走れメロス　他四篇』というようなものを書くと、なおさらそう思う。

自分で書き直すつもりで名作を読むようにすると面白い。

自分ならばこの名作をどのように書き直すだろうか。その小説のどんなところが捨てがたいか、この登場人物はどんな人間に置き換えられるか、その小説のどんなところが現代にも通じるのか。百人の人間が書き直せば、太宰治の「走れメロス」を中心にして、百人のメロスが百通りの方角へ駆け出すだろう。逆に言えば、時を隔《へだ》ててもそういう読まれ方に耐え得る小説が「名作」と呼ばれるらしい。だから名作というものは恐ろしいのだ。

森見　登美彦

二〇〇九年九月

# 角川文庫のためのあとがき

『新釈　走れメロス　他四篇』が角川文庫の仲間入りをすることになった。角川文庫には『夜は短し歩けよ乙女』や『四畳半神話大系』、『ペンギン・ハイウェイ』も入っている。我が子たちが仲良くならぶ様子を想像すると、可愛らしい気持ちにならざるを得ないのである。祥伝社文庫版とともに、多くの読者との幸運な出逢《であ》いを祈るものだ。

自分の作品を読み返すとき、「よくこんなものが書けたなあ」といつも思うのだが、『新釈　走れメロス　他四篇』はとりわけそう思う。自分の外にある力が作品に流れこんでいる感じがする。それが原典の力であることは言うまでもない。まだ読まれていない方は、ぜひとも原典を手にとってみてください。

このたびの文庫化にあたっては、千野《ちの》帽子《ぼうし》さんが解説を担当してくださった。自作の解説をお願いするのは基本的にドキドキするものであるが、この作品は近代文学史上の名作をひねくったものであるから、いっそう緊張する。引き受けてくださった千野さんに、心より感謝申し上げます。

二〇一五年六月

森見　登美彦

# 解説　夢十夜

千野帽子

こんな夢を見た。

腕組をして枕元に坐《すわ》っていると、仰向《あおむき》に寝た登美彦氏が、静かな声で『新釈　走れメロス　他四篇』が角川文庫になりますと云う。そうですか、なりますか、と上から覗《のぞ》き込むようにして聞いて見た。なりますとも、と云いながら、登美彦氏はぱっちりと眼を開けた。真黒な眸《ひとみ》の奥に、自分の姿が鮮《あざや》かに浮かんでいる。

『新釈　走れメロス　他四篇』は自分の大好物である。明治（森鷗外《もりおうがい》）・大正（芥川龍之介《あくたがわりゅうのすけ》）・昭和（中島敦《なかじまあつし》、太宰治《だざいおさむ》、坂口安吾《さかぐちあんご》）の短篇小説五篇を、現代の京都の〈腐れ大学生〉たちを主人公にして再起動《リブート》した連作短篇集だ。

書名で岩波文庫ふうに「他四篇」と呼ばれているのは、「山月記」、「藪の中」、「桜の森の満開の下」、「百物語」の四篇である。

しばらくして、登美彦氏がまたこう云った。

「解説を書きたければ、締切をちゃんと守って下さい」

自分は、いつ締切が来るのですかと聞いた。

「日が出るでしょう。それから日が沈むでしょう。それからまた出るでしょう、そうしてまた沈むでしょう。——赤い日が東から西へ、東から西へと落ちて行くうちに、——あなた、書き上げられますか」

自分は黙って首肯《うなず》いた。そのうちに、登美彦氏の云った通り日が東から出た。やがて西へ落ちた。一つと自分は勘定した。

しばらくするとまた唐紅《からくれない》の天道《てんとう》がのそりと上って来た。そうして黙って沈んでしまった。二つとまた勘定した。

勘定して行くうちに、赤い日をいくつ見たか分らない。すると石の下から斜《はす》に自分の方へ向いて青い茎が伸びて来た。真白な百合《ゆり》が鼻の先で骨に徹《こた》えるほど匂った。暁の星がたった一つ瞬いていた。

「締切はもう来ていたんだな」とこの時始めて気がついた。

*

何でも赤茶色の電車に乗っている。この阪急京都線《はんきゅうきょうと》が凄《すさま》じい音を立てて夕日の跡を追《お》っかけて行く。けれども決して追つかない。

自分は、乗務員を捕《つら》まえて聞いて見た。

「この電車は西へ行くんですか」

乗務員は怪訝《けげん》な顔をして、しばらく自分を見ていたが、やがて、

「なぜ」と問い返した。

「落ちて行く日を追かけるようだから」

乗務員はからからと笑った。そうして女性専用車輛《しゃりょう》の方へ行ってしまった。

自分は大変心細くなった。いつ十三《じゅうそう》駅に着く事か分らない。

乗合はたくさんいた。たいていは紅葉狩りの観光客のようであった。一人の観光客が来て、文学を知ってるかと尋ねた。黙っていた。

するとその人が、本書の元ネタがまずどれを読んでも愉快である、と云って人の顔を見る。多くは幻想味がある。童話風の作もある。「若い読者のための日本文学入門」という体のチョイスになっている。

しかも、そもそも、「山月記」は唐代伝奇を中島敦が改作したもの、「藪の中」は芥川が『今昔物語』の一挿話をビアスの短篇「月明かりの道」の手法でマッシュアップ

したもの、「走れメロス」はギリシア神話をもとにしたシラーの詩に太宰が題材をとったもので、もとからリブート作品である。

その三篇を含む五篇を、本〈新釈〉版では、登美彦氏の腕でさらにもうひと手間改造した。この〈新釈〉という語も、太宰が西鶴《さいかく》を再話した『新釈諸国噺』から取ったものであろうか。と云ってその人はこちらを見る。

自分が黙っていると、その人は太宰治の「走れメロス」の話をして聞かせた。そうして太宰の小説は、登美彦氏の奉仕《サーヴイス》精神のルーツのひとつでもある、と云った。

＊

和尚の室を退《さ》がって、廊下伝いに自分の部屋へ帰ると行灯《あんどう》がぼんやり点《とも》っている。片膝《かたひざ》を座蒲団《ざぶとん》の上に突いて、灯心を掻立《かきた》てたとき、花のような丁子がぱたりと朱塗の台に落ちた。同時に部屋がぱっと明かるくなった。

本書冒頭二篇の「山月記」と「藪の中」に登美彦氏の重要な主題が見える。青春特有の自意識の空回り、すなわち「自分が見た世界」と「他人が見た世界」の残酷なまでの落差という主題である。

芥川版「藪の中」は、強盗殺人事件を複数の話者の証言によって語る。その手法を、登美彦氏は学生映画サークル内の切ない恋愛模様へと写像している。

中島版「山月記」は、プライドの高い詩人志望者の物語であった。登美彦氏はこれを現代の遅れてきた文学青年のプライドに置き換えた。

中島版の視点人物・袁傪《えんさん》（〈新釈〉版の夏目《なつめ》巡査に相当する）は、李徴《りちょう》（〈新釈〉版の斎藤秀太郎《さいとうしゅうたろう》）の詩を聞いて、

〈作者の素質が第一流に属するものであることは疑いない。しかし、この儘《まま》では、第一流の作品となるのには、何処《どこ》か（非常に微妙な点に於《おい》て）欠ける所があるのではないか〉

と思う。酷な話である。

改作に当たって登美彦氏は、この残酷な立場を逃さなかった。しかし同時に、プライドの高い主人公へのいたわりと惻隠《そくいん》の情をも失わなかった。乙な話である。

かように、本書所収のいずれの作であれ、典拠を知らずとも滅法面白く、典拠を知っていれば知っているで、あそこをこう変えてくるかと氏の腕前に心底感心する。

だから本書はただ愉快に読めばいい本である。今さら自分などに解説すべき点もない。しかし。

御前は侍である。侍なら解説できぬはずはなかろうと和尚が云った。そういつまでも解説できぬところをもって見ると、御前は侍ではあるまいと云った。人間の屑《くず》じゃと云った。ははあ怒ったなと云って笑った。口惜《くや》しければ解説原稿を持って来いと云ってぷいと向《むこう》をむいた。怪《け》しからん。

隣の広間の床に据えてある置時計が次の刻《とき》を打つまでには、きっと解説して見せる。解説した上で、今夜また入室する。そうして和尚の首と解説と引き替にしてやる。どうしても解説しなければならない。自分は侍である。

もし解説できなければ自刃する。侍が辱しめられて、生きている訳には行かない。綺麗《きれい》に死んでしまう。

こう考えたところへ忽然《こつぜん》隣座敷の時計がチーンと鳴り始めた。

＊

女を負《おぶ》ってる。たしかに古い知り合いである。

左右は満開の桜である。哲学の道は細い。自分は登美彦氏の「桜の森の満開の下」という短篇を思い出した。あれも女を背負って、桜咲き満ちる哲学の道を歩く話だった。登美彦氏は安吾作品のなかから、青春の鬱屈《うっくつ》という主題を摑《つか》み出し、枯れきった平成の世に再生させたのだ。

「森見登美彦は青春の鬱屈を書くのがうまいね」と背中で云った。

「おれが考えてることがどうして解る」と顔を後ろへ振り向けるようにして聞いたら、

「だって桜が舞うじゃない」と答えた。

すると桜の花弁がはたして二ひらほど舞い散った。

自分は少し怖くなった。こんなものを背負《しょ》っていては、この先どうなるか分らない。どこか打遣《うっち》ゃる所はなかろうかと向うを見る途端に、背中で、

「千野さん、重いかい」と云う声がした。

「重かあない」と答えると
「今に重くなるよ」と云った。

「千野さん、その杉の根の所だったね」

「うん、そうだ」と思わず答えてしまった。

「昭和六十三年辰年《たつどし》だろう」

なるほど昭和六十三年辰年らしく思われた。

「御前が私を負《おぶ》って歩いたのは今から二十七年前だね」

自分はこの言葉を聞くや否や、今から二十七年前昭和六十三年の辰年のこんな闇桜の晩に、安吾の「桜の森の満開の下」を読んでいるあいだ、この女を負《おぶ》って歩いていたと云う自覚が、忽然として頭の中に起った。そしておれは青春の鬱屈を負《おぶ》って歩いていた山賊であったんだなと始めて気がついた途端に、背中の女が急に坂口安吾のように重くなった。

＊

登美彦氏が真如堂《しんにょどう》の門前で鷗外の「百物語」を改作していると云う評判だから、散歩ながら行って見ると、自分より先にもう大勢集まって、しきりに下馬評をやっていた。

「うまいもんだなあ」と云っている。

「オリジナル小説を拵《こしら》えるよりもよっぽど骨が折れるだろう」とも云っている。

そうかと思うと、「へえ鷗外だね。今でも鷗外作品を書くのかね。へえそうかね。私《わっし》ゃまた鷗外はみんな古いのばかりかと思ってた」と云った男がある。

「どうも凄《すご》そうですね。なんだってえますぜ。昔からどの文士が凄いって、鷗外ほど凄い人あ無いって云いますぜ。何でも夏目《なつめ》漱石《そうせき》よりも強いんだってえからね」と話しかけた男もある。

登美彦氏は見物人の評判には委細頓着《とんじゃく》なくマウスとキーボードを操作している。いっこう振り向きもしない。椅子に腰掛けて、学生劇団主催の怪談会の場面をしきりに書き抜いて行く。

この態度を眺めていた一人の若い男が、自分の方を振り向いて、

「さすがは登美彦氏だな。眼中に我々なしだ。天下の英雄はただ鷗外と我とあるのみと云う態度だ。天晴《あっぱ》れだ」と云って賞《ほ》め出した。

自分はこの言葉を面白いと思った。それでちょっと若い男の方を見ると、若い男は、すかさず、

「あのキャラクターの立て方を見たまえ。大自在の妙境に達している」と云った。

登美彦氏は今真如堂境内の景物を描き出した。左京区法然院町《ほうねんいんちょう》の七月下旬夕刻の蒸し暑さがたちまち浮き上がって来た。その筆の入れ方がいかにも無遠慮であった。そうして少しも疑念を挟《さしはさ》んでおらんように見えた。

「よくああ無造作に言葉を使って、思うような文体や雰囲気ができるものだな」と自分はあんまり感心したから独言《ひとりごと》のように言った。するとさっきの若い男が、

「なに、あれは文体や雰囲気を文章で作るんじゃない。あの通りの文体や雰囲気が頭の中に埋っているのを、指の力で掘り出すまでだ。まるで土の中から石を掘り出すようなものだからけっして間違うはずはない」と云った。

自分はこの時始めて文学とはそんなものかと思い出した。はたしてそうなら誰にでもできる事だと思い出した。それで急に自分も漱石の「夢十夜」を書いて見たくなったから見物をやめてさっそく家《うち》へ帰った。

MacBook Air でエディタを立ち上げて、勢いよく書き始めて見たが、不幸にして、漱石は見当らなかった。VAIO (Windows XP) を久しぶりに立ち上げたが、それでも運悪く書き当てる事ができなかった。さらに iPhone にも漱石はいなかった。

自分は立ててある筆記用具で片っ端から書いて見たが、どれもこれも漱石を蔵《かく》しているのはなかった。六夜目から後は、とうとう上がって来なかった。ついに自分の頭にはとうてい日本近代文学は埋っていないものだと悟った。それで登美彦氏が今日まで人気作家でいる理由もほぼ解った。

本書は、二〇〇七年三月に祥伝社より
単行本が、二〇〇九年十月に同社より
文庫本が刊行されました。

# 新釈《しんしやく》 走《はし》れメロス

## 他四篇《ほかよんぺん》

## 森《もり》見《み》登《と》美《み》彦《ひこ》


平成27年 8月25日　初版発行

発行者●郡司 聡

発行●株式会社KADOKAWA
〒102-8177　東京都千代田区富士見2-13-3
電話 03-3238-8521（カスタマーサポート）
http://www.kadokawa.co.jp/

角川文庫 19317

印刷所●旭印刷株式会社　製本所●株式会社ビルディング・ブックセンター

表紙画●和田三造





ISBN978-4-04-103369-2　C0193

# 角川文庫発刊に際して

角　川　源　義

第二次世界大戦の敗北は、軍事力の敗北であった以上に、私たちの若い文化力の敗退であった。私たちの文化が戦争に対して如何に無力であり、単なるあだ花に過ぎなかったかを、私たちは身を以て体験し痛感した。西洋近代文化の摂取にとって、明治以後八十年の歳月は決して短かすぎたとは言えない。にもかかわらず、近代文化の伝統を確立し、自由な批判と柔軟な良識に富む文化層として自らを形成することに私たちは失敗して来た。そしてこれは、各層への文化の普及滲透を任務とする出版人の責任でもあった。

一九四五年以来、私たちは再び振出しに戻り、第一歩から踏み出すことを余儀なくされた。これは大きな不幸ではあるが、反面、これまでの混沌・未熟・歪曲の中にあった我が国の文化に秩序と確たる基礎を齎らすためには絶好の機会でもある。角川書店は、このような祖国の文化的危機にあたり、微力をも顧みず再建の礎石たるべき抱負と決意とをもって出発したが、ここに創立以来の念願を果すべく角川文庫を発刊する。これまで刊行されたあらゆる全集叢書文庫類の長所と短所とを検討し、古今東西の不朽の典籍を、良心的編集のもとに、廉価に、そして書架にふさわしい美本として、多くのひとびとに提供しようとする。しかし私たちは徒らに百科全書的な知識のジレッタントを作ることを目的とせず、あくまで祖国の文化に秩序と再建への道を示し、この文庫を角川書店の栄ある事業として、今後永久に継続発展せしめ、学芸と教養との殿堂として大成せんことを期したい。多くの読書子の愛情ある忠言と支持とによって、この希望と抱負とを完遂せしめられんことを願う。

一九四九年五月三日

## 角川文庫ベストセラー

**肝臓先生**　坂口安吾

戦争まっただなか、どんな患者も肝臓病に診たてたことから〝肝臓先生〟とあだ名された赤木風雲。彼の滑稽にして実直な人間像を描き出した感動の表題作をはじめ五編を収録。安吾節が冴えわたる異色の短編集。

**明治開化　安吾捕物帖**　坂口安吾

文明開化の世に次々と起きる謎の事件。それに挑むのは、紳士探偵・結城新十郎とその仲間たち。そしてなぜか、悠々自適の日々を送る勝海舟も介入してくる……世相に踏み込んだ安吾の傑作エンタテイメント。

**続　明治開化　安吾捕物帖**　坂口安吾

文明開化の明治の世に次々起こる怪事件。その謎を鮮やかに解くのは英傑・勝海舟と青年探偵・結城新十郎。果たしてどちらの推理が的を射ているのか？　安吾が描く本格ミステリ12編を収録。

**晩年**　太宰治

自殺を前提に遺書のつもりで名付けた、第一創作集。〝撰ばれてあることの　恍惚と不安と　二つわれにあり〟というヴェルレエヌのエピグラフで始まる「葉」、少年時代を感受性豊かに描いた「思い出」など15篇。

**女生徒**　太宰治

「幸福は一夜おくれて来る。幸福は――」多感な女子生徒の一日を描いた「女生徒」、情死した夫を引き取りに行く妻を描いた「おさん」など、女性の告白体小説の手法で書かれた14篇を収録。

# 角川文庫ベストセラー

## 走れメロス　太宰治

妹の婚礼を終えると、メロスはシラクスめざして走りに走った。約束の日没までに暴虐の王の下に戻らねば、身代わりの親友が殺される。メロスよ走れ！　命を賭けた友情の美を描く表題作など10篇を収録。

## 斜陽　太宰治

没落貴族のかず子は、華麗に滅ぶべく道ならぬ恋に溺れていく。最後の貴婦人である母と、麻薬に溺れ破滅する弟・直治、無頼な生活を送る小説家・上原。戦後の混乱の中を生きる４人の滅びの美を描く。

## 人間失格　太宰治

無頼の生活に明け暮れた太宰自身の苦悩を描く内的自叙伝であり、太宰文学の代表作である「人間失格」と、家族の幸福を願いながら、自らの手で崩壊させる苦悩を描き、命日の由来にもなった「桜桃」を収録。

## ヴィヨンの妻　太宰治

死の前日までに13回分で中絶した未完の絶筆である表題作をはじめ、結核療養所で過ごす20歳の青年の手紙に自己を仮託した「パンドラの匣」、「眉山」など著者が最後に光芒を放った五篇を収録。

## ろまん燈籠　太宰治

退屈になると家族が集まり〝物語〟の連作を始める入江家。個性的な兄妹の性格と、順々に語られる世界が重層的に響きあうユニークな家族小説。表題作他、バラエティに富んだ七篇を収録。